John Shirley
IN DER HÖLLE

John Shirley

In der Hölle

Aus dem Amerikanischen
von Joachim Körber

PHANTASIA
PAPERBACK
HORROR

Phantasia Paperback – Horror
Band 3008

1. Auflage – Juli 2007

Titel der Originalausgabe
The View From Hell

Umschlagbild: Frank Fiedler
Satz, Layout: Edition Phantasia
Gesamtherstellung: Tz-Verlag & Print, Roßdorf

ISBN: 978-3-937897-22-6

www.edition-phantasia.de

»Achte darauf, daß es etwas in deinem Inneren gibt, das, sofern es nicht verändert wird, Gott in die Lage versetzt, ewiges Leid für dich zu verhindern … Es ist nicht die Frage, ob Gott uns in die Hölle ›schickt‹. In jedem von uns wächst etwas heran, das an sich die Hölle *ist* …«

C. S. LEWIS

»Ich flehe dich an, hinterfrage dich selbst, bevor du diese Reise antrittst. Du brichst ins Dunkel auf; hier ist eine kleine Lampe; ich zeige dir, wie man sie reibt; vergewissere dich, daß du weißt, wie man sie reibt. Leiden ist der Preis der Endlosigkeit.«

G. I. GURDJEFF

Für Paula Guran

PROLOG

Eine Vorbemerkung über die Welt namens »Erde« speziell zusammengestellt für V, H und dich

Anmerkung des Autors: Da die interdimensionalen Wesen in dieser Geschichte Geschöpfe einer ätherischen oder astralen Zusammensetzung sind, haben sie keine Körper im eigentlichen Sinne und bringen keine hörbaren Geräusche hervor; daher können V und H nicht verbal kommunizieren. Da sie nicht per se in Worten sprechen, sondern vielmehr durch eine Art telepathischen Austausch von Glyphen, ist die Übersetzung ins Englische in noch größerem Maße eine bloße Annäherung, als es Übersetzungen ohnehin stets sind. Sie verstehen unsere Sprache, indem sie die Bilder, die vor dem »geistigen Auge« der Menschen vorüberziehen, auf telepathische Weise lesen und dabei auf ihre Studien über die Menschheit zurückgreifen; aber wir müssen uns keine Hoffnung machen, daß wir ihre Konversationen je ganz und gar verstehen könnten.

Worte und Ausdrücke der Übersetzung, die besonders fragwürdig sind, werden in eckigen Klammern wiedergegeben, ebenso Beschreibungen telepathischer Glyphen, die anstelle von Gesichtsausdrücken Verwendung finden.

An einem Ort, der momentan San Francisco genannt wird, standen Tammy und Glenn Stollard, Schwester und Bruder, in der langsamen Energie des Winters an der Straßenecke. Sie hielten die Hände ausgestreckt und versuchten, hungrig dreinzuschauen. Aber Tammy hatte keinen großen Hunger. Normalerweise verspürte sie nicht viel in der Leibesmitte, und außerdem hatten sie eine riesengroße Tüte Doritos und zwei Pepsis zum Frühstück gehabt. Aber wenn man hungrig aussah, gaben einem die

Leute mehr Geld. Heute wollte sie jede Menge Geld verdienen, denn wenn ihr das nicht gelang, gab Jenna sie vielleicht dem Inhaber des Hotels in der Ellis Street, Zitgut nannte sie ihn, und Zitgut stank wirklich eklig, wenn er sie zwang, auf seinen Pimmel zu sitzen, er hielt sie immer an den Ellbogen fest und schob sie richtig darauf, so daß ihr Popo blutete und sich verkrampfte, und seine Zähne waren grün und er selbst ganz klebrig. »Du hast 'nen hübschen Arsch für 'ne Neunjährige«, sagte Zitgut jedesmal. »'Nen hübschen runden Mädchenarsch.« In letzter Zeit tat es nicht mehr so weh, wenn er es ihr hinten besorgte, aber er brachte sie dazu, daß sie ihn mit einem Küchenmesser abstechen wollte, und so wollte sie sich nicht gern fühlen, weil sie wußte, daß sie es nicht konnte. Wegen dem, was passieren würde, wenn sie das machte.

»Wir kriegen keinen Scheiß ab«, sagte Glenn.

»Als ob ich das nicht selber wüßte«, antwortete Tammy unter Schwierigkeiten, weil der Wind ihre Lippen rissig machte. »Die sind garantiert echt angepißt.« Sie betrachtete Glenns rotes Haar, die Brandwunde der Zigarette am Haaransatz; das war Jennas Lieblingstrick. Tammy konnte die Brandwunde nur sehen, weil der Wind ihm das Haar zerzauste. »Das liegt an dem beschissenen kalten Wind«, sagte Tammy. »Niemand will da die Hände aus den Taschen nehmen.« Glenns blaue Augen hatten rote Ränder, weil er so oft draußen im Wind war. Wenn sie nur zehn Piepen zusammenbekamen –

Die körperlosen, aber höchst realen Wesenheiten, die wir *H* und *V* nennen wollen, schweben ungefähr in Höhe der Straßenlaternen über den schwarzen Bordsteinen, sind für alle, ausgenommen sie selbst, unsichtbar und beobachten den Jungen und das Mädchen von innen und außen; einer dieser wachsamen Geister kichert zynisch in sich hinein: das ist H; der andere, der in jedem Strang seines Ätheriplasmas erzittert: das ist V. Er zittert nicht wegen der Kälte, er ist materiell nicht in demselben Sinne »da« wie die Kinder, die er beobachtet. Er zittert im moralischen Vakuum.

Was ist, V? fragt H. Du siehst betroffen aus.

Ich fühle mich hinreichend wohl, antwortet V. Ich bin einfach nur [sinngemäß: abgestoßen] von dieser Brutalität. Und ich komme nicht umhin, deine Motive, mich das hier sehen zu lassen, zu hinterfragen …

Diese Welt? Es ist dieselbe [Ebene oder Dimension], aber weiter voran in ihrem [Zeit]-Strom. Du wolltest sie weiter voraus sehen und –

Wir haben das Zeitalter von Dickens, wie du es genannt hast, wegen seiner Brutalität verlassen; jetzt zeigst du mir eine andere Zeit, die gleichermaßen brutal ist.

Zeit verbessert diese Welt nicht. Hier haben wir das Zeitalter von Dickens mehr oder weniger in [sinngemäß: in Polyesterfummel]. Was hattest du erwartet?

Sei nicht so herablassend, H, antwortet V. Du hast mich in den schlimmsten Teil dieser Welt gelockt. Das ist nicht fair.

He – glaubst du, schlimmer kann es nicht mehr werden, V? Du machst [versucht etwas launig Unangemessenes, z. B.: »Witze«]. Wolltest du hier reinkarnieren, um etwas Karma abzuarbeiten? Laß mich aus dem Rezept deines Seraphim zitieren: Man wählt ein Gebiet für die Reinkarnation, weil man spirituelle Bereicherung durch direktes Leid erfahren möchte. Also, du hast dich für diese Welt entschieden, jetzt [nimm, was du bekommst]. Such dir einen Wirt und inkarniere.

– Nur einen Zehner, den konnten sie Jenna geben und eine Pause machen und zu Woolworth in der Market rübergehen, sich aufwärmen und ein paar Schokoriegel stehlen.

Tammy sah einen Polizisten vorbeifahren, ließ die Hand in der Tasche ihres dünnen Mantels verschwinden und tat so, als würde sie nur herumlaufen, als würde sie mit Glenn spielen, so hatte Jenna es ihr beigebracht; Glenn begriff augenblicklich und tat so, als würde er mit ihr herumalbern, bis der Polyp vorbeigefahren war. Tammy fürchtete sich vor der Polizei: Jenna hatte gesagt, sie würden Glenn festnehmen und in ein Waisenhaus oder so was stecken und sie würde ihn nie wiedersehen. Er war erst sieben und sie mußte sich selbst um Glenn kümmern; sie mußte ihn bei sich behalten. Er beschwerte sich nicht mehr, oder weinte, oder so, daher wußte sie, sie mußte ihn in ihrer Nähe behalten, sonst würde er etwas anstellen und Buddy würde ihn ein paar Tage in einen Schrank einsperren. Momentan bekam sie es gerade mit der Angst zu tun, weil sie noch gar kein Geld hatten. Glenn bekam kein Geld. Sie bekamen beide kein Geld, es war scheißekalt hier draußen, und es lief darauf hinaus, daß Jenna oder Buddy sie wieder mit Zigaretten verbrennen würden. Jenna würde das mit den Zigaretten übernehmen, aber Buddy, der schlug sie lieber. *Jenna und Buddy;* sie sagte nicht gern Mama oder Daddy, es sei denn, sie gingen zum Sozialamt. Sie und Glenn wußten genau, was sie im Sozialamt sagen und nicht sagen durften, wenn es manchmal auch verwirrend war; früher mußten sie sagen, daß die Zwillinge Elma und Sandy ihre Geschwister waren, aber jetzt sollten sie so tun, als würden Elma und Sandy gar nicht existieren, weil Sandy gestorben war, als Buddy sie auf den Dachboden gesperrt hatte, und Elma starb, als Buddy sie verprügelte, weil sie wegen Sandy weinte, und jetzt mußte natürlich so getan werden, als hätten sie nie zwei Schwestern gehabt. Hatten nie welche gehabt, die existierten gar nicht. Sie hatten nie durch das Schlüsselloch gesehen, wie Buddy die Zwillinge in große Müllsäcke packte, damit er sie zum Dock runterbringen konnte.

Vielleicht konnte sie von dem stinkenden Mann im langen Mantel etwas zu trinken bekommen, der gab ihr was zu trinken, wenn sie sich seinen Pimmel ansah, der zeigte ihn nur gern, sie mußte ihn nicht anfassen, und durch den süßen Wein wurde ihr immer wärmer, und wenn sie genügend trank, dann spürte sie die Verbrennungen oder das Rasiermesser gar nicht so sehr, wenn Jenna wütend wurde. Sie würde es mit dem Kokain versuchen, wenn Jenna wieder einschlief; wenn Jenna vier Tage auf Achse war, klappte sie manchmal einfach zusammen, und vielleicht konnte Tammy dann etwas von dem Kokain abstauben, das stimmte den Vermieter vielleicht verträglicher, andernfalls mußte sie etwas in ihn hineinstoßen, vielleicht das kleine Küchenmesser oder eins von Buddys Rasiermessern, aber wenn sie sich Glenn eines Tages schnappen konnte, dann konnten sie vielleicht nach Disneyworld und sich da in einem der Karussells verstecken, Disneyworld kam manchmal im Fernseher in dem Burritoimbiß, wenn Jenna und Buddy ihre Burritos aßen, und es sah aus, als gäbe es in Disneyworld genug Plätze, um sich zu verstecken –

»Setz dich nicht hin, Glenn, Scheiße.«

Sie versuchte, ihn auf die Füße zu ziehen.

»Hau ab. Nur einen Moment.«

»Glenn – Jenna kommt, und sie raucht grad 'ne Zigarette. Die verbrennt dich, Glenn, *steh auf* –«

Bring uns weg, H, und zwar schnell, sagt V.

Sie schweben weg von dem Mädchen und dem Jungen und ihrer Mutter, die die Kinder in eine Einfahrt zerrt, um ihnen wieder wehzutun, und V muß sich krümmen und häuten, damit er sich wieder sauber fühlen kann.

Geht es dir besser? fragt H nach einem Augenblick, als ihnen die falsche Objektivität relativer Höhe zuteil wurde und sie beide über den Dachfirsten der abgenutzten Gebäude der Tenderloins schweben.

V antwortet mit qualifizierter Zustimmung und fragt dann: Wo ist die Ehrfurcht vor Unschuld in diesen Wesen? Ist dies ein isoliertes Phänomen, diese Form von Beschränktheit?

Nein, sie ist weit verbreitet – aber nicht allgegenwärtig. Aber suchen wir uns eine friedlichere Umgebung … Sie liegt unten, im sogenannten [San Jose] …

Es war vergleichsweise ruhig in Agnew's Pflegeheim für Behinderte an diesem Morgen. Vielleicht, weil gerade Zeichentrickfilme liefen. Felch schaltete die Zeichentrickfilme ein, wann immer er konnte, auch wenn Jansen fand, daß sie zu gewalttätig waren, weil die Festgeschnallten wie hypnotisiert *davor saßen* und sich obendrein nicht so sehr vollzuscheißen schienen. Siebzehn Festgeschnallte saßen insgesamt in ihren Rollstühlen vor dem Großbildfernseher, meist Erwachsene mit blassen Gesichtern und Windeln; die besonders schwer hirngeschädigten heulten und wackelten mit den Köpfen, aber für sie bedeutete das schon, daß sie ruhig waren. Der Hundejunge kaute an seinen Gurten und Säbelzahn versuchte, sich durch seine eigene Schulter zu beißen, aber die Gurte verhinderten weitgehend, daß es ihm gelang. Es wurde Zeit, nach der Kinderstation zu sehen – er hoffte, daß heute niemand Kot aß, denn wenn Jansen das herausfand, ließ sie Felch ihnen die Zähne putzen, und wenn die einen mit Scheiße an den Zähnen bissen, konnte man eine böse Infektion bekommen, schlimmer als sonst. He, vielleicht war das dicke Mädchen mit den großen Titten heute ruhig, er konnte ihn ihr reinschieben, wenn er ihr ein bißchen mehr Medikamente gab, sie schnell ficken, bevor –

Ich verschwinde aus dem Kopf dieser abscheulichen Kreatur, fauchte V.

Binnen einer Sekunde befanden sie sich über der Station und schwebten nach San Francisco zurück.

Nach wenigen Augenblicken gemächlichen Dahinschwebens, bekräftigte V: Komm schon, H, du bist ganz sicher voreingenommen bei der Wahl deiner Exemplare. Auf dieser Welt [oder in einem planetaren Körper konzentrierten Dimensionsebene] können unmöglich alle so verkommen sein …

In dieser Welt, V, ist nur die Frage, welche Form die Beschränktheit, die [spirituelle Deformierung] annimmt; manche sind einfach nur abgedrehter als andere.

Ben war sicher, daß die Schwester gleich kommen würde, weil sein offenen Wunden brannten, was bedeutete, er hatte sich wieder vollgepinkelt, was wiederum bedeutete, daß es früher Nachmittag sein mußte, denn da erreichte die Flüssigkeit der Infusion einen Pegel, der nach Eliminierung verlangte, und normalerweise kam die Schwester etwa um die Zeit. Er konnte in den unteren

Regionen seines Körpers nicht viel spüren, aber diese Taubheit war nichts weiter als eine neue, garstige Ironie, wenn man bedachte, wieviel er im ganzen Rest spüren konnte. Heute war die Demenz nicht ganz so schlimm. Er konnte denken. Er konnte die Schwester erwarten. Die Schwester war gut: die Schwester würde ihm einen Schuß geben. Sie gaben ihm nicht oft genug einen Schuß – er hatte sich Aids geholt, weil er Drogen spritzte, darum glaubten sie nicht, daß er ihnen aufrichtig sagte, wieviel Schmerzen er wirklich hatte –, aber jeder Schuß bedeutete einen Kurzurlaub, eine oder zwei Stunden. Einen Urlaub von dem Wartezimmer, in dem er sich befand. Es gab Möglichkeiten, die Wartezeit zu überbrücken; wenn er darauf wartete, daß das Brennen und Jucken und der Gestank nach Fäulnis in seinem Hals nachließ – wenn er darauf wartete, daß der gefräßige Teppich aus Pilzen nach der letzten Welle von Medikamenten ein wenig zurückging – er konnte seine Aufmerksamkeit auf die geschwollenen Gelenke richten; oder die großen, öligen Ozeanbrecher des Fiebers; oder die fies schmerzhaften Krämpfe in seinen Eingeweiden; oder den bohrenden Schmerz in seiner geschwollenen Leber, oder wenn die Läsionen an der Innenseite von Nase, Lippen und Rektum so schlimm wurden, daß er versuchte, sich das Gefühl als kreisende Räder unterschiedlicher Farben vorzustellen. Er konnte sich auf das bleierne Brennen der immer wiederkehrenden Lungenentzündung konzentrieren; oder er konnte versuchen, die dünnen Stöckchen seiner Arme in der Luft zu einem Muster zu bewegen, bis er nach ein oder zwei Minuten ganz erschöpft wurde von der Anstrengung; oder er konnte sich auf den Geruch der Fäulnis in seinem Inneren konzentrieren und versuchen, allein anhand des Gestanks zu erraten, welcher Teil von ihm gerade verweste. Wenn sein Verstand an diesem Tag klar war, konnte er versuchen, Briefe zu formulieren, in denen er um mehr finanzielle Mittel für die Forschung ersuchte, eine menschenwürdigere Behandlung, mehr Betäubungsmittel. Oder um das Recht, sich selbst zu töten. Dafür hatte er einen vollständigen Brief bis zum letzten Komma und Ausrufungszeichen ausformuliert.

War das der Beckenklang des Wagens der Schwester? Oh, bitte. Oh, ja. Komm her, Schlampe. Komm endlich.

H, ich signalisiere es jetzt in aller Deutlichkeit – auch das war einfach nicht fair.

Der ist nicht in einem so schlechten Zustand, sagte H [mit einer Glyphe, die einem »Achselzucken« gleichkam]. Wir könnten durch die Station streifen und ein paar andere beobachten. Laß mich dich zur Krebsstation für Kinder runterführen. Die ist echt bemerkenswert. Was für eine erstaunliche Kapazität für das Leiden die haben ...

Ich habe den Eindruck, daß dir das Spaß macht. Du bist schon zu lange hier, H.

Er antwortet mit: [eine Glyphe, die Verneinung ausdrückt, oder Nichtanerkennung]. Und sagt dann: Wenn du glaubst, du kannst dich auf dieser Welt besser zurechtfinden –

Ja, H! Komm mit. Wir gehen dorthin, wo *ich* hingehen will.

[Wie es beliebt.]

»Du hast die Wahl«, sagte der Polizeichef auf Spanisch zu Herrera. »Du kannst die Säge benutzen, oder wir töten sie gleich.«

»Die Kinder sehen zu«, sagte Herrera. Auf Spanisch. »Was haben sie mit alledem zu tun?«

»Komisch, wie oft ihr Terroristen diese Frage stellt. Große Terroristen machen kleine Terroristen. Hühner machen Hühner, Hunde machen Hunde. Wir hoffen, wir können sie etwas lehren.«

»Ich bin kein Terrorist; ich bin Kaffeebauer.«

Dafür machten sie genau das, was er erwartet hatte: Sie schoben ihm wieder die Drähte in die Nase, bis zur Stirnhöhle, und ließen die Elektrizität hindurchfließen; dann hielten sie seinen Kopf eine Weile unter das Scheißhauswasser. Er hatte sie absichtlich provoziert, damit er die Entscheidung wegen Carmen hinauszögern konnte. Seine Frau. Er versuchte, seine Gedanken abzulenken und fragte sich, wie lange es dauern würde, bis er wie sein Bruder Angel war, der ihnen nach einer gewissen Zeit Tips gegeben hatte, wie sie ihn foltern sollten.

Er wünschte sich, sie würden sie einfach töten, seine wunderbaren Kinder. Er wußte, daß das Mädchen jede Nacht vergewaltigt wurde. Er wünschte sich, er könnte sie selbst töten, um sie zu befreien. Er wünschte sich auch, er wäre *wirklich* Terrorist gewesen, damit dies alles wenigstens einen Sinn hätte.

Als sie fertig waren, nachdem sie ihn fast in dem Scheißhauswasser ertränkt haben, fragte er sich, ob das mit der Säge vielleicht nur eine leere Drohung wäre. So wie mit den Hinrichtungen. Dreimal hatten sie ihm gesagt, daß sie ihn hinrichten würden. Sie stellten ihn an die Wand, richteten Gewehre auf ihn, drückten ab und ließen nur ein hohles Klicken hören. »Nächstesmal«, sagten sie. Also war das mit der Säge vielleicht …

»Ich mache es«, sagte er.

Also gaben sie ihm die alte, stumpfe Säge und zeigten ihm, wo er den Arm seiner Frau absägen sollte, während die Kinder zusahen, während seine Frau – die seit einem Monat kein Wort gesprochen hatte – ihn mit leerem Blick ansah und wartete. Herrera wußte, sie würden sie nicht einfach töten, wenn er sich weigerte. Sie würden …

Aber als sie seine kleine Tochter würgten, sägte er seiner Frau gehorsam den Arm ab –

V und H gehen nach Rio. Fehler. Sie werden Zeugen, wie Todesschwadronen Kinder ermorden, nur weil sie obdachlos sind. V beschließt, es in Afrika zu versuchen. Fehler. Das Leid ist so groß wie das Buschland. V zieht nach Norden, in den Mittleren Osten. Dort ist ein Krieg im Gange. Die Bomben werden sehr exakt abgefeuert, scheinen an manchen Orten aber völlig willkürlich zu fallen; scheinen grimmig beiläufig Menschen auszuwählen, die sie verstümmeln und zerfetzen können.

V und H gehen weiter nach Osten, nach Indien. Fehler. Nordwärts, nach China; verweilen an einem Ort, wo es sehr ruhig und ordentlich zuzugehen scheint, der sich jedoch als eine Art

Konzentrationslager für Freigeister entpuppt. Wieder ein Fehler.

V findet den Weg nach Westeuropa und taucht in verschiedene Perspektiven ein. Zuerst scheint es eine Erleichterung zu sein. Dann begreift er allmählich, daß bei den vergleichsweise Gesunden und Behüteten das Leiden nur gemildert und in die Länge gezogen ist; es ist eine Pause am Rad von Isolation und Selbstzweifeln und Ambitionen. Es ist eine langsamere Knochenmühle.

Sie schweben westwärts, nach New York. V versenkt seinen Geist in eine Frau, die in einer Textilfabrik arbeitet; sie arbeitet für den Mindestlohn, der nicht ausreicht, ihre Familie zu versorgen; sie ist gefangen in endlosen Tagen und kurzen Nächten und einer weiteren Abfolge endloser Tage der Schmerzen und eisernen Verzweiflung, und sie würde gern da raus, bevor sie vollkommen verbraucht ist, aber sie kann nicht, wegen ihrer Kinder, und darum wird es nie aufhören, bis sie zu alt ist, um …

V verschwindet und findet jemanden in einem euphorischen Hochgefühl – endlich! –, muß aber feststellen, daß das nur etwas sehr Kurzlebiges ist. Sehr. Rund zwei Minuten. Danach weicht die Euphorie schwärzesten Depressionen: hallend, tief und kalt, wie unterirdischer Granit, als die Wirkung des Crack abklingt und die ausgetrocknete Hülle des Gehirns eines Mannes in sich zusammenstürzt. Der fragliche Mann verkauft später seine Tochter in einer nahegelegenen Bar für zwanzig Dollar, damit er mehr Crack beschaffen kann, wohl wissend, daß er sich nur noch tiefer in die Grube hineinreitet.

V versucht es mit den Mittelschichtskindern in den Vororten: eines wird von seinem Onkel mißbraucht; der Verstand eines anderen ist nicht mehr vom Fernsehprogramm zu unterscheiden; das dritte ist vergleichsweise glücklich – aber V spürt einen Tumor in seinem Hirn wachsen.

Janice dachte sich, ja, der Aufseher mußte gleich kommen. Sie war ziemlich sicher. Sie spürte das verräterische Brennen ihrer wundgelegenen Stellen, was bedeutete, sie hatte sich wieder vollgepinkelt, und das passierte meistens am Spätnachmittag, kurz bevor die Schwester mit ihren Medikamenten kam. Die Schwären oder die besudelten Laken oder ihre geschwollenen Gelenke machten ihr nicht so sehr zu schaffen; aber der Geruch ihrer eigenen Verwesung, der quälte sie.

Sie hatte Hunger, aber das Essen hier machte sie krank; sie wollte aufstehen, aber es tat so weh, nur draußen zu sitzen, und sehen konnte sie wegen dem grünen Film über ihren Augen sowieso nicht viel, und die Anlage befand sich fast unmittelbar unter einem breiten Freeway, von dem Abgaswolken herunterströmten, die ihr Emphysem reizten, und dann fing sie an zu husten und die wurden wütend auf sie – komisch, wie wütend die wurden, wenn ihr Leid sich sichtbar äußerte, und manchmal taten die dann so, als wäre sie »unbelehrbar« geworden und schnallten sie am Bett fest und taten einen Tag lang so, als hätten sie sie vergessen, nur um sie zu bestrafen. Niemand redete mit ihr, und da niemand sie je besuchte – ihre Kinder fanden es zu deprimierend – kam es vor, daß sie manchmal tagelang nur mit den Aufsehern sprach und Sachen sagte, die die wütend machten; sie bat darum, man möge sie töten, besonders nach ein paar Tagen ohne richtigen Schlaf, wegen der Schmerzen von –

Du hast mich irgendwie [absichtlich umwölkte Wahrnehmungsfelder, d. h. ausgetrickst], H. Die war fast genau so wie der Junge, der an Aids starb. Du spielst eine Art von Spiel mit mir.

Unwahr! Die hast du selbst ausgesucht. Das Leid, das die meisten Menschen im hohen Alter durchmachen müssen, gleicht dem von Aids. Auch das Muster der Mißachtung ist dasselbe. Weißt du, wie lange die Menschen auf dieser dimensionalen Welt leben? Durchschnittlich fünfundsiebzig ihrer Jahre, wenn die [Glück] haben. Ich benutze den Ausdruck [Glück], obwohl ich mir seiner Ironie durchaus bewußt bin.

Fünfund …? Aber die scheinen ihr Leben erst im Griff zu haben, wenn sie um die Vierzig oder Fünfzig sind – frühestens! Und da verfallen ihre Körper schon sichtlich. Alles wird langsamer. Gerade wenn sie anfangen, es auf die Reihe zu kriegen –

Ich weiß, ich kann jemanden finden, der jung ist, H – und vergleichsweise [glücklich] … ich spüre einen auf dem Freeway …

Es war eine gute Zeit für schwarze Filmemacher. Ja, als er vom Treffen mit seinem Agenten nach Hause kam, fühlte sich Garrison gut. Die würden ihn bei einem Streifen Regie führen lassen, an den er glaubte. Er konnte ein Statement abgeben, das an das Gewissen einiger appellieren würde. Jetzt würden sich er und Julia ein Baby leisten können. Lieber Gott, ich danke dir –

In dem Moment verlor ein Betrunkener die Kontrolle über seinen Trans Am und rammte Garrisons zehn Jahre alten Toyota. Der Toyota überschlug sich wie ein Würfel, der Tank riß auf, er kam mit den Reifen in der Luft zum Stillstand. Zwei weitere Autos konnten nicht mehr rechtzeitig bremsen und fuhren hinein. Benzin lief aus; Flammen hüllten den Toyota ein. Garrison konnte den gebrochenen Arm nicht bewegen. Die Tür auf der anderen Seite war verkantet und er konnte die Beine nicht heben und ein Fenster eintreten. In dem Auto wurde es heiß wie in einem Ofen. Garrisons Haut schlug ebenso Blasen wie der Lack des Autos; seine Eingeweide flossen ihm zum Mund heraus.

V zieht sich aus dem Unfallopfer zurück. Findet sich in einem Polizisten der Autobahnpolizei wieder, der den Mann in dem brennenden Auto hilflos ansieht.

Sprague hatte den ganzen Feuerlöscher geleert und versucht, das Feuer in dem alten Toyota zu löschen. Der Fahrer würde – was in seiner Lage vermutlich das Beste war – lange bevor die Wagen der Feuerwehr eintrafen tot sein, daher gab es keinen Grund, warum er mit ansehen sollte, wie der Mann schreiend darum flehte, jemand möge ihn bitte, bitte töten, während ihm das Gesicht vom Schädelknochen schmolz. Er fühlte sich hilflos, weil er den Mann nicht töten konnte, um ihn von seiner Qual zu erlösen; die würden ihm seine Pension streichen, seine Frau würde ihn verlassen – was sie vielleicht sowieso machte, er war ziemlich sicher, daß sie mit seinem Bruder herumfickte, und –

V zieht sich aus dem Polizisten zurück. Schwebt relativ gesehen in die Höhe, über das brennende Wrack. Das Leid klang zu einem fernen Pfeifen ab, wie der Klang des Teekessels, den die englische Frau aus dem neunzehnten Jahrhundert, die sie bei einem früheren Besuch beobachtet hatten, vergessen hatte, die Prostituierte, die sich aufhängte, während ihr Teewasser noch kochte. Und V fragt H: Es gibt keinen biologischen Grund, daß sie soviel Schmerz empfinden sollten – oder?

Nein. Das ist nur schlechte Machart. Oder Gemeinheit. Natürlich setzt irgendwann Schock ein, aber bis dahin haben sie geradezu unglaublich gelitten. Für manche Menschen ist die Welt, über kurze Zeitabschnitte hinweg, barmherziger. Aber dann kommt das Alter. Du hast gesehen, was dann passiert … Wenn du das alles berücksichtigst, möchtest du immer noch deiner eigenen spirituellen Bereicherung wegen in dieser Welt reinkarnieren?

[Sinngemäß: »Von wegen.«] Das ist viel zu extrem. Laß uns [sinngemäß: schleunigst hier verschwinden].

Natürlich gehen wir. Ich wollte mich nur ein letztes Mal umsehen. Ich würde sagen, als Studienobjekt ist diese Welt interessant, wenn man ihr nicht zu nahe kommt. Ich ziehe ein detaillierteres Studium in Erwägung. Sie übt eine gewisse Faszination aus …

Du *studierst* diese Welt? Aber warum? Was fasziniert dich daran? Das scheint mir irgendwie … [psychisch krank]. Du kannst bleiben, wenn du magst. Ich gehe.

Damit entfernte sich V. Wie ein Mann, der zum ersten Mal einen Schlachthof besucht, konnte er es kaum erwarten, zu verschwinden. Er nahm den erstbesten Ausgang.

Er ging einfach.

Das kannst du nicht. Du kannst nicht gehen.

Nicht da lang.

KAPITEL EINS

Eine Morning Star Produktion

Er kam wegen der Tourismusbranche hierher. Er kundschaftete den Ort aus, um seine Eignung für interdimensionalen Tourismus zu erforschen. Nennen wir ihn Z.

So stieg Z auf die Ebene des Pseudodaseins hinab, die von ihren Bewohnern »die Erde« genannt wurde, und spürte zu seiner Überraschung einen seiner Art hier. Seine ätherischen Fühler erbebten von vertrauten Schwingungen, einer Lebenssignatur, die er kannte: er identifizierte die charakteristischen Lebensenergietransmissionen dessen, den wir *H* nennen.

H, der alte Bekannte von V, ist schon ziemlich lange Zeit hier.

H, der für die Anwohner ebenso unsichtbar ist wie Z, schwebte unmittelbar über einer Palme auf einem Gelände, das die Eingeborenen »Filmstudio« nannten, einen Ort, wo die vernunftbegabten Bewohner dieser planetaren Ebene einen Großteil ihrer Unterhaltung herstellten; in der Stätte, die sie Los Angeles, Kalifornien, nannten.

Z gesellte sich zu H und schwebte über der Palme.

Die üblichen Grüße wurden ausgetauscht.

Dann fragte Z: Warum bist du hierher gekommen, zu dieser Welt, dieser Erde?

Dasselbe könnte ich dich fragen, antwortete H.

Ich bin hier, um Möglichkeiten des Tourismus zu erforschen, sagte Z. Ich handle mit der Imprimatur des Konsens. In unserem Volk wogt immer noch eine Strömung morbider Sensibilität. Denn V spricht von diesem Ort, und es verbreitet sich die Nachricht vom seltsamen Charakter der marginal vernunftbegabten Bewohner dieses höllischen Ortes; vom Elend ihrer erstaunlich kurzen Lebensspanne unter achtundvierzig einschränkenden Gesetzen, und das weckt die Neugier.

Diese Art von Neugier ist atavistisch, sagte H. Überdies eine animalische Neugier. Nur ein objektiver Grad wissenschaftlicher Neugier ist sinnvoll. Und eben darum bin ich hier: wissenschaftliche Neugier, und vielleicht eine Mission zur Linderung des Leidens.

Linderung des Leidens! Hier! (Z zeigte sein Erstaunen unverhohlen.) Das ist wie der Versuch, das Feuer einer Doppelsonne mit dem Atemzug einer Mikrobe zu löschen!

Vielleicht, sagte H. Aber ein Atemzug mag Vorbote eines großen Windes sein. Aber das ist alles hypothetisch. Es dürfte [ein Zeitraum, den Menschen als drei Jahrtausende bezeichnen würden] der Studien und Experimente erfordern, bevor ich mich an eine Linderung des Leids wagen würde. Und selbst dann könnte es durchaus nicht machbar sein. Zuerst muß ich eine Testreihe über die unter den Menschen sogenannte »Reaktion auf anomale Stimuli« machen. Dafür sind eine ausgedehnte Reihe experimenteller Interventionen erforderlich.

Eine derartige Einmischung steht im Widerspruch zur Konsensdrift. Sie trägt keine statistische Imprimatur.

Aber grundsätzlich ungesetzlich ist sie nicht. Gesetzeskonformität ist relativ.

Was die Unrechtmäßigkeit angeht, das wäre ein Gegenstand vierdimensionaler Debatten; möglicherweise fünfdimensionaler. (Z drückte seine Glyphen mit der Energie höchster Nachdrücklichkeit aus, so daß sie in Hs Verstand glühten wie Elektronenströme. Das war ein Ausdruck der Warnung.)

Und was ist mit deinen Touristen, Z? (antwortete H defensiv.) Kann man sich darauf verlassen, daß sie sich nicht einmischen?

Die würden nur beobachten. Sich einmischen hieße, Einfluß zu nehmen. Ich nehme an, die würden sich so wenig einmischen wie einer dieser Menschen glücklich einen Freudentanz in einem Behälter voller Ausscheidungen machen würde. Aber du! Es hat den Anschein, als wolltest du dich besudeln!

Die wissenschaftliche Einstellung hält mich rein. Außerdem trage ich [eine astrale Prophylaxe], um meine Vibrationsextremitäten zu beschützen.

Aber sicher. Höchst umsichtig, H. Doch schau her – um es exakter auszudrücken, welcher Art sind deine Experimente genau?

Ich hatte noch nicht die Absicht, dem Konsens die Fakten zu präsentieren. Aber du bist hier. Nennen wir es eine synchronistische glückliche Fügung. Ich werde dich durch mehrere Experimente führen, dann wirst du schon sehen. Wie du weißt, sind die vernunftbegabten Wesen dieser Welt in Wahrheit so gut wie gar nicht vernunftbegabt. Sie sind lediglich vernunftbegabt genug, daß sie sich im weitesten Sinne für den Ausdruck qualifizieren. Aber zuerst – weißt du von der Gabe zu träumen, die die Bewohner dieser Ebene des Pseudo-Daseins besitzen?

Sie haben viele Stufen des Träumens.

Ja, aber ich spreche von der Variante, deren körperliche Begleiterscheinung die schnelle Bewegung der Augen ist, wenn die [Erdenbewohner] schlafen.

Davon weiß ich wenig.

Man kann mühelos in ihre Traumsinne eindringen und sie manipulieren. Dort kann man Selbsterkenntnis einpflanzen; ihre subjektiven Eindrücke neu formen. Meine Experimente basieren auf Anpassung ihrer Psychoautomatismen, damit sie sich dieser Automatismen als Bedingungen der Existenz bewußt werden.

Beginne deine Experimente, ich werde als Beobachter fungieren.

Ich habe ein Subjekt ausgewählt. Er arbeitet in einer Industrie, die ihre Selbsthypnose mit tröstlichen Quasi-Träumen vertieft.

Du meinst [Fernsehen].

Ganz genau.

Wohlan. Fang an.

»George, willst du mir sagen, ich mache kein Geschäft?« fragte Younger und drückte das Handy fester ans Ohr. Sein Anwalt war ebenfalls über Handy in der Leitung, daher mußte er über zwei Schichten Störknistern hinweg hören. Als er mit dem neuen Mercedes von der La Brea in den Hollywood Boulevard einbog, fühlte

Younger sich schwindelig und wartete mit pochendem Herzen auf Georges Antwort. Seine ganze Karriere hing von dieser Antwort ab.

Younger bog um die Ecke, worauf ihm die Morgensonne in die Augen schien. Er lenkte mit der Seite des linken Ellbogens, während er mit der Hand das Handy schmerzhaft ans Ohr drückte, und tastete mit der anderen Hand auf dem Beifahrersitz nach der Sonnenbrille. Diese setzte er mit einer meisterhaften Choreographie seiner Finger auf, woraufhin das Gleißen des Junivormittags in Los Angeles der Kühle von Gewehrmetall wich.

»Nein, verdammt noch mal, nein, das sage ich nicht«, antwortete George.

Younger spürte, wie die Verkrampfung angenehm aus seinen Schultern wich.

»Aber«, fuhr George fort, »ich sage, daß du kein besonders gutes Geschäft machst. Dabei könntest du ein gutes Geschäft machen. Und das Problem dabei bist du, Jack. Mister Jack Younger steht Mister Jack Younger auf dem Endspurt ins Ziel im Weg. Er nimmt sich selbst die Möglichkeit eines triumphalen Sieges.«

»Würdest du bitte die Sportmetaphern lassen?« Younger mußte den Mercedes an einem Zebrastreifen ruckartig zum Stillstand bringen und Fußgänger passieren lassen. Er verzog vor Ungeduld das Gesicht, während er darauf wartete, daß die Flut japanischer Touristen aufhörte, die mit ihren Digitalkameras Fußabdrücke im Beton fotografierten. »Wo liegt das Problem, George? In verständlichem Englisch.«

»Tut mir leid, aber jetzt kommt wieder eine Sportmetapher: das Problem ist, daß du nicht Hardball spielst. Aber das mußt du. Bleib dran, ich hab einen …«

»Nein, George, nicht in die Wartesch … Scheiße.« Eine gewisse Leere im Hintergrund der Handyleitung verriet ihm, daß er sich schon in der Warteschleife befand.

Er fuhr einen halben Block weiter, hielt an einer roten Ampel und sah auf die Uhr am Armaturenbrett. Ihm blieben immer noch anderthalb Stunden vor der wichtigen Sitzung. Er konnte sich an den Zeitplan halten, das Starbucks gegenüber von Morning Star Productions aufsuchen, seinen doppelten Latte trinken, zwei fettarme Muffins essen und das Drehbuch des Pilotfilms durchblättern – er würde sich ein paar Notizen machen, damit er auf alle eventuellen Fragen vorbereitet war, die sie an ihn hatten. Zum Beispiel, wo gedreht werden sollte, mit oder ohne Gewerkschaft, Etat für Spezialeffekte, Produktionsleiter. Und Regisseure – Hortmann sollte sich besser blicken lassen. Aber Hortmann war, obwohl Regisseur, stets pünktlich – verdammt, schließlich war er Schweizer –, und würde wie vereinbart Viertel vor zehn in dem Coffee Shop aufkreuzen, damit sie sich vor der großen Sitzung mit Morning Star noch untereinander absprechen konnten. Hortmann war ein alter Hase, er hatte einen Namen in der Branche, der würde das einfach durchziehen.

Younger rechnete nicht mit Problemen. Bei Morning Star liebten sie den Themenkomplex »Neuentdeckung des Zweiten Weltkriegs« – sie liebten den Namen der Serie, *Der wahre Weltkrieg*, deren Storys lose auf tatsächlichen Ereignissen basierten. Sie hatten David Duchovny schon ein großzügiges Angebot gemacht, der überglücklich schien, daß die Serie nichts mit UFOs zu tun hatte, und mit Duchovny an Bord, Hortmann als Regisseur und Buskins Drehbuch konnte rein gar nichts mehr schiefgehen. Diesmal hatte der manchmal kitschige Buskin ein erstklassiges Skript abgeliefert. Wahrscheinlich wegen seinem Zweiter-Weltkrieg-Fetisch – er war ein Typ, der kleine Zinnsoldaten handbemalte und komplexe Brettspiele um die Ardennenschlacht spielte. Leidenschaft – endlich einmal –, und der Funke war übergesprungen.

Younger bog in den Sunset Boulevard ein und fuhr nach Westen. Sein Ziel war die Stelle, wo die Nachtclubs und Einkaufszentren schicken, modernen, energiesparenden Bürogebäuden und den bewässerten, manikürten Rasenflächen des nordöstlichen Beverly Hills wichen. Kurz bevor man zu den vielen lächerlichen, palastähnlichen Villen von Bel Air kam und einen Steinwurf vom Beverly Drive entfernt. Wenn sich dies alles gut entwickelte, konnte er sich für den Anfang eines der kleineren Häuser in Beverly Hills leisten. Aus seiner Bude am Silver Lake ausziehen. Und es würde sich gut entwickeln, sagte er sich beharrlich – der Sender stand Gewehr bei Fuß, die Banken waren bereit, grünes Licht für den Etat zu geben. Er mußte nur diese Sitzung mit Underhill hinter sich bringen und würde eine Garantie für mindestens zweiundzwanzig Folgen bekommen – er würde den Sprung vom ewigen Produzenten von B-Filmen, der dem großen Erfolg immer einen Schritt hinterherlief, zum hochdotierten Fernsehproduzenten schaffen und obendrein einen Anteil am Merchandising und den Auslandsrechten erhalten. Den Fernsehmarkt in England und Hongkong würden sie auf jeden Fall erobern – aber alles hing von Underhill ab, und Underhill war so exzentrisch und unberechenbar, wie man es von einem Multimilliardär erwartete.

»Jack? He, Younger, bist du aus der Leitung?«

»Was? Oh, George, Scheiße, dich hatte ich ganz vergessen.«

»Oh, he, tut mir leid – es ging ja nur um Geschäftliches mit Morning Star, Honcho!«

»Was? Das war Porris?«

»Darauf kannst du Gift nehmen! Und er hatte ein neues Angebot in Petto, Jack – die haben ja zur Beteiligung an den Auslandsrechten gesagt, bieten dir aber bei allem anderen Netto- statt Umsatzbeteiligung. Ich sagte ihnen, ich müßte mit dir darüber reden, glaube aber nicht ...«

Younger hielt an einer Bushaltestelle an, damit er seine Gedanken ordnen konnte, und sagte mit kribbelnden Fingerspitzen und schweißnassen Handflächen: »George, du vermasselst das Scheißgeschäft noch!«

Das kommt davon, dachte er, daß ich einen Anwalt zu meinem Manager gemacht habe. Knöpft mir für Verhandlungen seinen Stundensatz und noch Prozente ab; logisch, daß er die Sache in die Länge zieht.

»He, reg dich ab, keine Chance, daß das Geschäft über den Jordan geht. Ich versuch nur, einen Millionär aus dir zu machen, statt einen Mann, der ein paar hundert Riesen im Jahr scheffelt, das ist alles. Nettobeteiligung ist alles, Kumpel. Du kriegst nichts vom Umsatz ab, begreif das doch. Morning Star ist bekannt dafür, daß sie die Leute über den Tisch ziehen, wenn sie nur die geringste Chance dazu haben. Nein – wenn du willst, daß dich die Leute ernst nehmen, mußt du Hardball spielen. Ich meine – du warst immer … Herrgott, überleg doch nur, was du Medina zahlst!«

»Woher weißt du, was ich Medina zahle, verdammt?«

»Weil sie damit rumprahlt. Du bezahlst dem Mädchen das Doppelte von dem, was jede andere persönliche Assistentin bekommt. Du hast fünfundzwanzig Prozent deines Anteils an *Die Söhne des Kriegers der Morgenröte* der Wohlfahrt gestiftet …«

»He, John Lorimar ist am Set von *Morgenröte* gestorben … Das war zu seinem Andenken.«

»Aber fünfundzwanzig Prozent wären nicht nötig gewesen. Du hast Mittel für die Aids-Forschung gesammelt und schwarze Kongreßabgeordnete unterstützt und alles – schön, das ist sicher verdienstvoll, und vielleicht kannst du sogar daraus Kapital schlagen, aber es schmälert deinen eigenen Verdienst. Du mußt die Kohle für später sparen, Mann, wenn du reich bist und Spendenquittungen für die Steuer brauchst. Und die Bedingungen, die du akzeptiert hast – ich hätte solchen Bedingungen im Leben nie zugestimmt, wenn du damals schon mit mir zusammengearbeitet hättest, Jack. Du bezahlst deine Autoren zu gut, du hast die Verleihrechte für sechzig Prozent von dem abgegeben, was du hättest kriegen können. So nicht – nicht, wenn du in dieser Branche respektiert werden möchtest. Du mußt Hardball spielen. Du mußt um das erlegte Tier kämpfen, sonst kriegst du nie genügend Fleisch ab …«

»Was ist das jetzt, eine Höhlenmenschenmetapher?«

»Du kannst davon ausgehen, daß wir uns unter Höhlenmenschen befinden. Also laß mich die Keule schwingen, sonst entgehen dir mindestens eine halbe Million pro Jahr. Vielleicht viermal soviel. Wir müssen nein sagen – und auf Umsatzbeteiligung bestehen. Oder wir machen die Runde. Wir gehen zu Dreamworks

Television. Spielberg würde das gefallen. Der ist total vernarrt in den Zweiten Weltkrieg.«

»Nein! Ich warte seit sieben Jahren auf diese Chance bei Morning Star! Sie sind die Zukunft – sie sind das internationale Fernsehen. Ich ...« Aber er überlegte sich rechtzeitig, daß er besser nicht sagen sollte: Ich werde in drei Wochen fünfunddreißig, ich muß den Durchbruch schaffen, bevor ich fünfunddreißig bin, sonst schaffe ich ihn nie. Er sprach es nicht aus – aber er war fast abergläubisch davon überzeugt. »Neue Vertragsbedingungen aushandeln – das könnte sich noch einmal ein Jahr hinziehen. Solange warte ich nicht. Sonst springt vor mir jemand auf den fahrenden Zug auf. Und dann heißt es: Oh, noch eine Serie über den Zweiten Weltkrieg. Ich will, daß der Abschluß heute über die Bühne geht.«

»Heute. Prima. Du vermasselst es uns beiden. Du könntest ... du könntest aber eines machen. Eine von, ähem, Underhills speziellen Vereinbarungen.«

Younger fröstelte und wußte nicht, warum. »Darf ich erfahren, worum es dabei geht?«

»Nein, das darfst du nicht, genau darum geht es ja. Er hat gefragt ... na ja, du könntest ihm einen kleinen Gefallen tun.«

»Und der wäre ...?«

»Hm – das kann ich dir nicht selbst sagen. Ich meine, ich weiß es nicht. Aber, äh, seine Assistentin, Lolly, sagt es dir.«

»O Gott, die gruselige Lolly. Die ist doch völlig durchgeknallt, ich hab einmal mit der geredet und ... Boah, Moment mal, warum kannst du es mir nicht sagen, was soll die Geheimnistuerei?«

Das Telefon läutete. Ein anderer Anruf.

»Geh ran – das könnte Lolly sein. Sieh nur zu, daß du es zu dieser Sitzung schaffst – Underhill ist auch da, Underhill höchstpersönlich, der ist nur heute in der Stadt, und das war's dann für die nächsten Monate. Er trifft sich gern persönlich mit Leuten, bevor er einen Abschluß macht. Er ist deine Etatkuh. Du solltest ihn richtig melken. Vergiß nicht, er fährt in einen Arbeitsurlaub und wird die kommenden zwei Monate kreuz und quer durch das Mittelmeer fahren – eingeschlossen zwei Wochen als Gast auf dem Kreuzfahrtschiff, das Rupert Murdoch eine Jacht nennt –, also geh nicht davon aus, daß du dich mit ihm in Verbindung setzen kannst. Du mußt dich heute während dieser Sitzung mit ihm einigen, sonst kannst du die Sache abhaken.«

»Sieht ganz so aus. Hör zu, mach das Geschäft einfach. Ich kümmere mich um meinen Teil. Aber was ist dieses spezielle –«

»Ich muß los, ich meld mich wieder bei dir.«

»George –«

Aber George hatte schon aufgelegt.

Mit vor Nervosität verkrampftem Magen drückte Younger die Taste für den nächsten Anruf. »Hier Younger.«

»Jack?« Es war Medina.

»Ja?«

»Hm …«

Sie zögerte wegen seines Tonfalls. Aber er würde ihr nicht gerade jetzt sagen, wie sauer er war, weil sie über ihr Gehalt getratscht hatte.

»Hat Linda angerufen?« fragte er. Seine Verlobte, seit mittlerweile zwei Jahren.

Sie war eine Prinzessin aus Beverly Hills, mit Wimpern, bei denen er an schwarzen Nerz denken mußte; mit rastlosen Lippen und natürlich runden, perfekt gebräunten Brüsten. Sie machte viel gemeinnützige Arbeit, wie seine Mutter, und redete viel über verschiedene Themen. Man hatte das Gefühl, als wollte sie die Zeit damit totschlagen.

Linda war so liberal – aber sie war viel, viel aufgeschlossener im Bett, seit er ihr gesagt hatte, daß er ein Millionen-Dollar-Geschäft mit Underhill abschließen würde. Bis dahin hatten ihre Intimitäten … zaghaft gewirkt.

»Ja, sie hat angerufen, aber hören Sie zu –«

»Sagen Sie ihr, ich rufe zurück.«

»Klar. Hören Sie, hm, Boss … ich habe hier eine kleine Terminplankrise …« Während Medina redete, kam quietschend ein

Bus zum Stillstand und ragte links von ihm auf; er hörte, wie der Fahrer seinetwegen hupte. Er hauchte dem Mann ein Entschuldigung zu. Drei schwarze Teenager in dem Bus beugten sich heraus, machten eine obszöne Geste in seiner Richtung, drei schwarze Hände mit erhobenem Mittelfinger, und lachten ihn aus. Er winkte zurück, während aus dem Bus Fahrgäste ausstiegen und Medina fortfuhr. »Die haben Ihren Termin verlegt.«

»Was? Welchen?«

»Die Sitzung bei Morning Star. Mr. Underhill muß eine Stunde früher gehen, wegen der Startfreigabe für seinen Privatjet, oder so. Darum findet die Sitzung in ... in zwanzig Minuten von jetzt an statt.«

»Von jetzt an? Oh, Mist!« Er legte den Gang ein.

»Wo sind Sie?«

»Ich bin nur rund zehn Minuten von Morning Star entfernt. Aber ... was ist mit ...«

»Hortmann habe ich es schon gesagt. Der weiß Bescheid.«

Er schoß mit den Auto in den fließenden Verkehr, was zweimaliges erbostes Hupen nach sich zog. »Ich muß mir von ihren Assistentinnen einen Kaffee geben lassen. Na ja, dafür sind die schließlich da. Okay, rufen Sie an und bestätigen Sie, ich bin da ...«

Er unterbrach die Verbindung, streckte eine Hand aus, um das Telefon in die Halterung zu schieben, verfehlte sie, steuerte das Auto wütend wie bei einer Verfolgungsjagd durch den Verkehr und warf es neben sich auf den Beifahrersitz. Es prallte ab und fiel zu Boden.

Egal. Wichtig war nur, daß er rechtzeitig zu der Sitzung kam. Jetzt fuhr er gerade hinter einem riesigen Doppelbus her. Zwei weiße Jungs, die Baseballmützen verkehrt herum trugen, hatten sich aus dem Fenster gelehnt und warfen Karamelpopcorn auf seine Windschutzscheibe. Seine neue Windschutzscheibe – ein Auto, das er auf Pump gekauft hatte, weil er davon ausging, daß das Geschäft mit Morning Star zustande kam. Sollten diese Kinder nicht gerade alle in der Schule sein? Er riß den Mercedes nach links, damit er an dem Bus vorbeikam – aber der Platz reichte nicht aus, um zu überholen; der Bus fuhr ziemlich genau in der Mitte der beiden Fahrspuren. Versperrte ihm der Fahrer absichtlich den Weg?

Er warf einen Blick auf die Uhr am Armaturenbrett. Die Sitzung um eine Stunde vorverlegt … ihm blieben noch vierzehn Minuten. Der Verkehr wurde immer dichter … Er konnte sich ein wenig verspäten, aber es hieß, daß Underhill empfindlich war, wenn man ihm nicht ausreichend »Respekt« entgegenbrachte. Wer konnte schon sagen, wie egozentrisch ein bedeutender Geschäftsmann wie er war? Ihn drei Minuten warten zu lassen, mochte schon ausreichen, daß er das Geschäft platzen ließ.

Für Younger stand die Karriere auf dem Spiel – aber für Underhill war das alles nichts weiter als eine Nichtigkeit, ein Spielzeug.

Der Bus kam an einer Kreuzung zum Stillstand – obwohl die Ampel noch gelb zeigte! Der Mistkerl!

»Scheiß drauf …« murmelte er, riß das Lenkrad nach links, steuerte das Auto halb über den Mittelstreifen, damit er an dem Bus vorbeikam, versuchte in die Kreuzung zu schießen, bevor die Ampel endgültig umschaltete, und genau da läutete sein Mobiltelefon, er bückte sich und tastete auf dem Boden danach, während er an dem Bus vorbeifuhr und Richtung Zebrastreifen beschleunigte, mußte nach unten sehen, wo das Telefon lag, und ergriff es gerade mit der Hand, als er das Poltern links spürte, den Ruf hörte, einen Aufschrei erschrockener Überraschung, fuhr hoch und trat automatisch auf die Bremse, während etwas zweimal auf dem Dach des Autos abprallte. Die Ampel hatte auf rot umgeschaltet. Mit dem Fuß auf der Bremse blickte er sich um und sah den Bus … der rechts abbog. Er hatte als Vorbereitung zum Abbiegen angehalten. Einer der weißen Jungs gaffte ihn aus dem Busfenster mit offenem Mund an und verschwand, als der Bus die Seitenstraße hinabfuhr. Und Younger sah die gestürzte Gestalt und das Fahrrad; ein Rad drehte sich noch, das andere war so verbogen, daß es sich nicht mehr drehen konnte. Er hatte sie links erfaßt, als sie über den Zebrastreifen fuhr, und sie war über das Dach seines Autos geschleudert worden. Ihr Körper war so verbogen, daß ein Arm und ein Bein seltsam verschränkt durch den Rahmen des Fahrrads ragten, als wären sie und das Fahrrad Teile einer Einheit. Ihm war, als würde langsam ein Backstein in seinen Kopf einsinken. Das Telefon läutete immer noch.

Er sah das Handy an, wollte automatisch abnehmen und schüttelte sich. »Du Arschloch«, sagte er laut. Es fiel ihm schwer, zu sprechen, weil sein Mund so trocken war. »Es ist kaum der richtige Zeitpunkt, mit dem Scheißhandy zu telefonieren.«

Er stieg aus dem Auto aus und kniete neben ihr und dem verbogenen Fahrrad nieder …

Er konnte sie mit dem Auto ins Krankenhaus fahren, es gab eines mit einer Notaufnahme rund fünf Häuserblocks im Nordwesten. Aber man sollte Leute nicht bewegen, wenn man nicht wußte, was man tat. Er konnte 911 anrufen, seine Jacke über sie legen; er konnte an ihrer Seite warten. Er konnte sagen sie wäre »plötzlich einfach wie aus dem Nichts gekommen.«

Aber wenn er das machte, würde er sie Sitzung verpassen.

Was?

Die Sitzung. Die Sitzung!

Doch er konnte jetzt nicht gehen – selbst wenn jede Hilfe für ihn zu spät kam. Zunächst einmal würde er ins Gefängnis gehen …

Ach, ja: Sie war nicht wie aus dem Nichts aufgetaucht; er hatte nicht auf die Straße gesehen, war nicht auf seiner Fahrspur gewesen, er war in eine Kreuzung gerast, als die Ampel gerade auf rot umschaltete. Alles war seine Schuld. Da gab es kein Entkommen. Er hatte es eilig gehabt, zu einer Sitzung zu kommen, und darum jemanden überfahren. Sie würden diesen Bus aufspüren, oder jemand in dem Bus würde gegen ihn aussagen. Vielleicht gab es Zeugen, die von einem Fenster zusahen. Die Polizei würde ihn über den Anruf bei 911 ausfindig machen und herausfinden, daß er die alleinige Schuld trug. Er würde ins Gefängnis kommen. Jemand würde anhalten. Dann würden Polizei und Notarzt eintreffen. Schließlich Reporter. Nach einem tragischen Unfall heute vormittag ist der Zustand einer vielversprechenden jungen Collegestudentin weiterhin kritisch.

Und er mußte auf jeden Fall zu dieser Sitzung …

Er sah die Straße hinauf und hinab – niemand kam aus der Seitenstraße; Autos fuhren auf der rechten Fahrspur vorbei, konnten das Mädchen jedoch nicht sehen, da sein eigenes Auto sie verbarg und ihre Aufmerksamkeit ohnehin der Straße galt. Einige hupten, weil sie glaubten, er würde die Straße grundlos blockieren. Im entgegenkommenden Verkehr – da sah jemand zu dem gestürzten Mädchen, ein Taxifahrer mit Turban. Aber der Mann wandte sich hastig ab.

Seltsam, daß sonst niemand angehalten hatte. Aber dann überlegte er sich, daß sein Zeitgefühl gestört und in Wahrheit erst wenige Sekunden vergangen waren.

Und dann richtete sie sich auf. Sah ihn benommen und blinzelnd an. Als würde sie versuchen, ihn zu erkennen.

»Alles klar?« fragte er mit krächzender Stimme. Und kämpfte gegen den Impuls, auf die Uhr zu sehen.

»Ich denke ja … es ist nur – ich bin ganz außer Puste. Aber es scheint nichts gebrochen zu sein.«

Sie war eine junge Frau mit langem, glattem schwarzen Haar, vielleicht noch ein Teenager. Neunzehn? Halb Asiatin? Etwas in der Art. Schulbücher waren aus ihrem Rucksack gefallen und lagen ringsum verstreut. Eines sah wie eine Einführung in die Physik aus. *Die Tür zur Physik.* Die Bücher sahen aus wie Tarotkarten, die erbost auf eine Tischplatte geworfen worden waren.

Als er wieder daran dachte, zu atmen, kam er sich vor, als wäre er gerade an die Oberfläche gekommen, nachdem er die ganze Bahn eines Schwimmbads unter Wasser geschwommen war.

»Gott sei Dank, geht es Ihnen gut. Ähem – wissen Sie, wer Sie sind, ich meine …«

»Ich glaube nicht, daß ich eine Gehirnerschütterung habe.« Sie stand auf, er ebenfalls und streckte die Hände aus, um ihr zu helfen, aber sie schüttelte ihn ab. »Wirbelsäule scheint okay zu sein.« Sie sah ihn an und rückte den Helm zurecht. »Soweit ich das jetzt sagen kann.«

»Klar, verstehe. Hier ist meine Karte … ich komme für alle Kosten auf. Und für Ihr Fahrrad. Ich kann Sie in die Notaufnahme fahren, damit Sie sich röntgen lassen können …«

Während er das sagte, hoffte er verzweifelt, daß sie ablehnen würde.

»Nein. Ich bin nur einen Block von Zuhause entfernt.« Sie war tüchtig: schrieb bereits Fabrikat und Nummer seines Autos auf. Er zeigte ihr seinen Führerschein. Sein Herz klopfte.

Wahrscheinlich war ein Prozeß erforderlich, um die Sache zu klären, dachte er, während er mit ihr zur Ecke ging. Aber es hätte schlimmer kommen können.

Ich hätte sie umbringen können. Ich hätte sie gut und gerne umbringen können.

Er sah ihr nach und stellte fest, daß sie gleichmäßigen Schrittes ging und ihr Fahrrad trug. Sie hinkte nicht und machte keinen benommenen Eindruck.

Oh, Gott sei Dank.

Dann fiel es ihm ein: Ich habe überlegt, ob ich sie liegenlassen, ob ich einfach wegfahren und hoffen soll, daß niemand meine Autonummer aufgeschrieben hat …

Nur damit ich es zu dieser Sitzung schaffe. Damit ich nicht in Ungnade falle. Damit es mit meiner Karriere aufwärts geht.

Hätte er es getan?

Nein. Auf keinen Fall. Undenkbar. Es gab definitiv Grenzen, die er nicht überschreiten, und Sachen, die er niemals machen würde …

Aber man kam doch ins Grübeln, dachte er. Wie weit würde man gehen?

Jemand hupte hinter ihm. Er stieg benommen ins Auto ein, schlug die Tür zu. Die Ampel war immer noch rot.

Die Sitzung.

Er legte den Gang des Autos ein und raste mit quietschenden Reifen um die Ecke nach rechts, quer über die Fahrbahnen des

Gegenverkehrs und in eine Gasse auf halbem Weg die Häuserzeile hinunter. Durch die breite Gasse zur nächsten Straße. Links auf diese Straße. Direkt auf den Sunset. Durch den Verkehr schlängeln. Leute hupten wütend. Er fuhr wie ein Roboter – aber wie ein Roboter, der darauf programmiert war, so schnell wie möglich zu fahren.

Plötzlich war er da: das Gebäude von Morning Star. Ein lächelnder junger Latino machte das Tor an der Einfahrt für ihn auf.

Younger nahm seinen Besucherausweis entgegen und trat ein. Er fuhr immer noch wie eine Maschine mit dem Fahrstuhl zur Rezeption von Morning Star Television. Er sah auf die Uhr. Ihm blieben immer noch sechs Minuten. Die Fahrstuhlfahrt schien kein Ende zu nehmen.

Das war so knapp gewesen. Beinahe hätte er jemanden umgebracht …

Sein Magen … Oh, nein, er würde sich hier im Fahrstuhl übergeben.

Dann hielt der Fahrstuhl eine Etage unter der Rezeption an und eine Frau im Kostüm trat ein. Er stürzte hinaus und fand fast augenblicklich eine Toilette. Abgeschlossen. Sein Magen drehte sich. Dann wurde die Tür von innen geöffnet, ein Mann im Anzug kam heraus, ein junger Bursche mit Kurzhaarschnitt, der Younger stirnrunzelnd ansah, als dieser sich an ihm vorbei drängte und zu den Toiletten rannte.

Er hechtete hinein und lief zum Waschbecken. Er erbrach kaum etwas. Schließlich hatte er nicht gefrühstückt. Er wartete und sah auf die Uhr. Ihm blieben noch drei Minuten, sich zu übergeben. Es kam nichts mehr. Er spülte sich den Mund am Waschbecken aus, fand eine Dose Minzpastillen in der Tasche und warf sich auf dem Weg hinaus drei in den Mund. Er lief zur Treppe, hastete einen hallenden Raum hinauf, wo es nach Beton roch, zerbiß Pastillen und blieb unmittelbar vor der Tür zum Empfangsbereich stehen.

Er zwang sich, mehrmals tief und langsam durchzuatmen, und

als er den Unfall wieder vor sich sah, das Mädchen auf der Straße, verdrängte er jeden Gedanken daran, was hätte passieren können, und dachte:

Der wahre Zweite Weltkrieg. Nebenrechte; Umsatzbeteiligung; Merchandising.

Das Mantra schien zu wirken. Ich sollte es den Werbeleuten geben, dachte er und mußte fast kichern.

Er strich sich das Haar glatt, fand sein Lächeln wieder und trat durch die Tür ein. Laß sie nicht sehen, daß deine Hände zittern.

Jack, sagte er zu sich, reiß dich zusammen, atme tief durch und konzentriere dich.

Er betrat die Etage, wo die Sitzung stattfinden sollte, den Empfangsbereich ... und da wartete schon Lolly auf ihn. »Auf ein Wort, wenn Sie gestatten«, sagte sie. Leicht australischer Akzent.

Sie war eine rundliche Frau in einem langen, weiten Kleid aus einem dünnen Stoff; eine kräftige Frau mit winzigkleinen Füßen. Er wußte nicht, warum er ihre Füße in diesen glänzenden, kleinen schwarzen Schuhen anstarrte. Er dachte daran, daß er ihr ins Gesicht sehen sollte – das Gesicht eines boshaften Cherubims. Sie war eitel, was ihr Haar anging; es hing ihr dicht und golden wie Honig über die Schultern, ihre konvexe Taille. Sie mußte, wieviel, mindestens hundertfünfzig Pfund wiegen.

»Mr. Younger?«

»Hm, ja?«

»Weilen Sie unter uns?«

»Ja, ja – es ist nur ... ich bin ein bißchen durcheinander. Hatte beinahe einen Unfall im Verkehr. Fast ...«

»Ich muß allein in dem Raum dort drüben mit Ihnen sprechen, Mr. Younger.«

»Aber ...« Er sah auf die Uhr. »Die Sitzung. Ich komme zu spät.«

»Nein, eigentlich wollte er, daß ich zuerst mit Ihnen rede. Mr. Underhill hat sehr exakte Anweisungen gegeben. Ihr Agent sagte, daß Sie bereit wären, eine spezielle Bedingung zu erfüllen. Darüber müssen wir reden. Bitte hier rüber, wenn Sie gestatten. In diesem Konferenzzimmer. Da können Sie Ihre Frau anrufen.«

»Meine Frau?«

»Linda.«

»Sie ist meine Verlobte.«

»Wie Sie wollen. Sie müssen sie anrufen.«

Sie stapfte bereits in das Konferenzzimmer, und ihr langes Haar schwang auf dem breiten Rücken; er mußte an diese Bürsten denken, die in Autowaschanlagen herunterhingen und hin und her schrubbten. »Hier rein ...«

Er folgte ihr; sein Magen schien auf die Größe einer Faust zusammengekrampft zu sein.

Als sie ihm sagte, was Underhill wollte, hätte er sich fast wieder übergeben.

»... aber wir können uns nicht darauf verlassen, daß die anhaltende Zweiter-Weltkrieg-Nostalgie dieses Projekt weit bringt«, sagte Underhill mit seinem leicht australischen Akzent. Er hatte einen runden Mund mit vollen roten Lippen und einen Schlafzimmerblick; mit Mitte vierzig war Underhill trotz seines persönlichen Trainers ein gedrungener, dicklicher Mann und trug nur scheinbar Freizeitkleidung; der Pullover war eigens für ihn angefertigt worden, und seine Rolex wirkte zwar nicht protzig, war jedoch die beste.

In Wahrheit haben wir hier nur einen australischen Hinterwäldler, der Produzent spielt, dachte Younger. Underhill wollte in die Medien, wie sein großes Vorbild Murdoch. Aber für Underhill war dies nur ein Spiel, seine wahren finanziellen Interessen waren Grundstücke und Chemie, speziell die Herstellung von Pestiziden.

Außer Younger nahmen noch sieben Leute an der Sitzung teil. Eine große Sitzung, denn Underhill hatte Morning Star gekauft, und alle wollten vom Boss gesehen werden; alle wollten unersetzlich wirken. Sie saßen im Büro von Don Shimer, einem großen Eckbüro, das mit den üblichen impressionistischen Drukken, einem Foto von Shimer, wie er einen Emmy bekam, und Bildern seiner Kinder geschmückt war. Shimer war ein weißhaariger Mann im Anzug, der vorwiegend ein väterliches Lächeln erstrahlen ließ und nur das Wort ergriff, wenn es sich nicht vermeiden ließ.

Hortmann war ein selbstbewußter Europäer um die Fünfzig, einstiges enfant terrible des Kinos, und inzwischen recht geübt darin, die Verachtung, die er für derartige Sitzungen empfand, zu verbergen, während er einen Espresso aus einem Becher von Starbucks trank.

»Sie haben sicher recht«, sagte Younger. Er spürte die Koffeinkopfschmerzen immer deutlicher. Eine einzige Tasse Kaffe, die eine ungute Verbindung mit den Minzpastillen einging, verbrannte ihm den Magen. Er brauchte mehr Koffein und etwas zu essen. Er mußte sich konzentrieren; er durfte nicht an diese andere Sache denken. »Aber wir betrachten die Nostalgie lediglich als einen kleinen Anschub. Weiterbringen werden uns erstens große Stars und zweitens viel Dramatik. Wir haben einen Showrunner verpflichtet, der einige der besten Folgen von *NYPD Blue* gemacht hat. Diese Qualitätsmaßstäbe wollen wir setzen, und die liebt das Publikum.«

»*NYPD Blue* – für mich war diese Serie immer nur eine aufpolierte Seifenoper«, sagte Underhill und gab einer Assistentin, die auf der Kante eines Plüschsessels im Hintergrund saß, ein Zeichen.

»Klar, aber eine realistische und gut geschriebene Seifenoper. Und es ist ein Hit. Das wird unser Projekt auch. Mit rund siebenundzwanzig Figuren, gegen die Duchovny antreten kann, und jeder Menge Action.«

»Ich mag Action«, sagte Underhill grinsend.

Fast wie durch Zauberhand hatte Underhill ein Tablett mit Kaffee und Muffins und Knabbernüssen und Fruchtsaft herbeibeschworen, und Younger stürzte sich regelrecht darauf. Die Sitzung nahm ihren Lauf, während sie sich an dem Gebäck gütlich taten; die verschiedenen jüngeren Vizepräsidenten betrachteten das Tablett, griffen aber lediglich der Form halber einmal zu, immer nur einen Minimuffin – dieselbe Zurückhaltung, die auch ihre Beiträge zu der Diskussion auszeichnete.

Das Essen schmeckte für Younger fad, wie Pappe, aber Zucker und Koffein brachten seinen Verstand auf Trab, so daß er über die Serie plapperte und schamlos alle lahmen Vorschläge für Besetzung und Kulissen bewunderte; Hortmann steuerte jetzt ebenfalls einige Gedanken bei und fand die Balance zwischen offenkundigem »Visionär« und Lohnschreiber, die ihnen gefiel.

»Im momentanen politischen Klima müssen wir mit der Darstellung von Gewalt natürlich ein bißchen leisetreten«, sagte Shimer, »aber …«

»Ich will Ihnen mal was sagen«, sagte Underhill und vernuschelte die Worte durch ein leises Lachen, »scheiß auf Leisetreten.« Underhill suhlte sich gern im Sprachgebrauch der Unterschicht. »Sollen sie doch protestieren. Es gibt keine eindeutigen Gesetze dafür, nur strenge Regeln. Krieg wird es immer geben – das sollen die Leute begreifen. Schließlich ist diese Serie verdammt bildend. Geschichtsunterricht, ganz eindeutig.«

Alle beeilten sich, Underhill zuzustimmen, die jungen VPs ebenso wie Shimer; Hortmann nickte steif; und in diesem Augenblick sah Younger sie alle so nackt, so gräßlich bloßgestellt. In Hortmann, das begriff er jetzt, schwelte ein heimlicher, aber genüßlicher Haß auf sie alle; sie waren die Philister, und nur das Tief in seiner Karriere als Autor zwang ihn, überhaupt mit ihnen zusammenzuarbeiten. Beim Mittagessen mit seinem Kameramann würde er sie ausnahmslos in kehligem Schweizerisch verhöhnen. Shimers Hände zitterten nur ein klein wenig, und er hatte schwarz-rote Äderchen auf der leicht geschwollenen Nase – Younger wurde klar, daß Shimer Alkoholiker war und vermutlich gerade überlegte, wann er endlich wieder etwas trinken konnte. Aber er hatte Angst vor Underhill. Alle lächelten, und alle hatten Angst – alle in dem Raum hatten Angst, ausgenommen Underhill, der die Angst zu genießen schien, die die anderen so geschickt zu verbergen glaubten. Ihre Schultern zeigten ihre Angst; ihre Hände zeigten ihre Angst; die Art, wie sie nach genau der richtigen Bemerkung für den Augenblick suchten, wie sie in der Luft schnupperten …

Die Tür ging auf, eine Sekretärin trat ein und übergab Shimer eine Notiz, daß ein Anruf wartete; er sah den Zettel an, sah Underhill an und schüttelte gereizt den Kopf.

Shimer würde gern ans Telefon gehen, dachte Younger, traut sich aber nicht. Und ich fürchte mich davor, Underhill zu trotzen, ihm nicht das zu geben, was er will. Ich fürchte, dies könnte meine einzige Chance sein …

»Haben Sie eine Inspiration oder ersticken Sie gerade an einem Muffin, Junge?« fragte Underhill und sah Younger mit komisch hochgezogenen Brauen an.

Alle sahen ihn an – er hatte ins Leere gestarrt und mit stummen Lippenbewegungen Selbstgespräche geführt.

»Ich …«

Da hätte er es ihnen fast gesagt. Dies ist nur ein Traum, und jetzt muß ich aufwachen.

Er dachte an Linda und sagte sich verzweifelt: Es gibt Leute, die auf mich angewiesen sind. Linda – und die berufliche Laufbahn anderer Leute. An dieser Serie werden eine ganze Menge Leute mitarbeiten. Für sie. Es war für sie. Für sie mußte er das durchziehen.

Sie warteten. Einen Moment wirkte der Raum zweidimensional. Sie alle waren nichts weiter als Scherenschnitte. Unwichtig. Wichtig war nur, daß man durchzog, was man tun mußte.

»Ich habe …« sagte Younger, »nur gerade überlegt … ich hatte eine Art Vision … wie man die zweite und dritte Staffel gestalten könnte …«

Was schlägst du jetzt vor, während er schläft, H? fragte Z.

Ich schlage vor, daß ich etwas tue, das ich schon oft getan habe, mit vielen dieser Kreaturen; Was gewisse andere Ätherische getan haben …

Wenn sie etwas getan haben, H, dann war das unrechtmäßig und nicht konsensfähig.

... Ich schlage vor, Kollege, in seine Träume einzudringen; in seine Nervenzentren vorzustoßen. Anpassungen vornehmen.

In sie eindringen – dabei besteht die Gefahr der Verseuchung. Daß man von ihnen verseucht wird. Daß sich ihre Polaritäten auf einen übertragen.

Dieses Risiko besteht nur für die Unerfahrenen. Jetzt ... Paß auf ...

Die nachfolgende Sitzung fand eine Woche später statt, am Abend bevor das Versprechen erfüllt werden sollte. Und am Tag, nachdem er der Radfahrerin, die er mit dem Auto angefahren hatte, einen Scheck über siebentausend Dollar ausgestellt hatte. Er wußte, er war mit einem blauen Auge davongekommen. Sie hätte eine große Show abziehen, bei einem Arzt jammern und stöhnen und ihn auf das letzte Hemd verklagen können.

Younger hatte an diesem Morgen einen Traum gehabt, der ihm nicht aus dem Sinn ging, während er sich auf die Sitzung vorbereitete. Es handelte sich um die Art von immer wiederkehrendem Traum, der einen Mann nie verläßt, der nie richtig erwachsen werden will.

Er dachte über diese Träume nach, während er seinen Kaffee trank und zur offenen Hintertür hinaussah. Die kühle Morgenluft tat gut, der Kaffee brachte einen tiefen, vollen Ton in ihm zum Klingen. Aber die Träume ...

Normalerweise handelten die Träume von zweierlei. In einem wurde Younger von jemandem angegriffen, einem anonymen Schurken, dann von mehreren anonymen Schurken, und er hatte eine Waffe – und diese Waffe schoß, aber irgendwie auch wieder nicht, die Kugeln glichen Schaumstoff, sie reizten die Schurken nur zum Lachen; und in dem zweiten ständig wiederkehrenden Traum befand er sich nackt in der Öffentlichkeit und versuchte, so zu tun, als wäre er gar nicht nackt, und einige Leute in der Öffentlichkeit um ihn herum versuchten ebenfalls, so zu tun, aber andere starrten ihn an und murmelten. Manchmal trug er ein Hemd, aber keine Hose, und sein Genital baumelte herab, während er durch ein überfülltes Einkaufszentrum ging.

Sein Therapeut – ein phlegmatischer Mann mit enormem Doppelkinn und der Neigung, Hemden und Krawatten von Regis Philbin in einem Farbton zu tragen – nannte diese Träume schon seit einiger Zeit »klassisch« und schien sich fast dabei zu langweilen, wenn er sie deutete: nach der klassischen psychoanalytischen Interpretation bedeutete ein Traum von nutzlosen Waffen gegen einen Feind Angst vor sexueller Impotenz; aber da Younger nie an sexueller Impotenz gelitten hatte, schien die bessere Erklärung Angst vor Untüchtigkeit zu sein, ein Ausdruck der Frustration angesichts seiner Unfähigkeit, als Krieger in einer Welt aufzutreten, die ihre ökonomischen Krieger belohnte, auch wenn sie sie Aufsichtsratsvorsitzende und Börsenmakler nannte.

Ein Traum von Nacktheit in der Öffentlichkeit war noch einfacher: er repräsentierte eine Angst vor Bloßstellung. Etwas, von dem er fürchtete, daß andere es herausfinden könnten. Vielleicht verhielt es sich ja ebenfalls so, daß er fürchtete, jemand könnte herausfinden, er wäre untüchtig, inkompetent …

Aber jetzt gab es noch etwas Schlimmeres. Wenn er es durchzog.

Er hatte sich schon am Telefon mit Linda über die Möglichkeit unterhalten. »Du mußt nicht bei Verstand sein«, hatte sie gesagt.

»Na ja – wie sehr bist du mir verpflichtet? Wie weit würde ein Mensch für einen anderen gehen?« hatte er geantwortet.

Sie hatte eine ganze Weile nichts erwidert. »Komm hierher«, sagte sie schließlich mit resignierter Stimme. »In mein Haus. Frag mich das von Angesicht zu Angesicht, du Wichser.« Und sie legte auf.

Ihm blieben noch anderthalb Stunden vor dem Treffen mit Underhill. Sie war nur fünf Minuten entfernt. Am besten er bekam alles unter Dach und Fach. Tu es einfach, wie in dem Fernsehwerbespot.

Younger, der sich immer noch wie in einem Traum fühlte, ein wenig losgelöst von der Welt, fuhr zu Lindas Haus. Er fuhr vorsichtig, weil er das Mädchen mit dem Fahrrad nicht vergessen konnte, aber zwei Autos hupten dennoch. Die Autofahrer in L. A. waren samt und sonders ungeduldige Pisser. Er war fest entschlossen, nicht mehr so zu sein.

Er betrat den Bungalow. Er sah sie weder im Eingangsbereich noch im Wohnzimmer, allerdings standen so viele Topfpflanzen herum, daß man nicht so ohne weiteres erkennen konnte, ob sie auf einem der Liegestühle saß. Zwischen den Topfpflanzen hingen Drucke von Georgia O'Keefes femininen Blumenblüten an den Wänden. Er bezeichnete das alles als Lindas Mutter-Erde-Phase.

»Linda!« Sie antwortete seinem Ruf nicht. Er fragte sich, ob sie ihr kleines Gespräch abgeblasen hatte. Fast hätte sie wegen der ganzen Angelegenheit am Telefon mit ihm Schluß gemacht.

Dann hörte er sie aus dem Garten rufen. »Ich bin hier draußen!«

Als er die Küche betrat, konnte er sie durch das Fenster sehen; sie stand auf der Stuckveranda und goß die Kakteen und Sukkulenten. Sie trug einen Sonnenhut, weiße Shorts und ein weißes Top, ein hübscher Kontrast zu ihren braungebrannten Beinen.

»Soll man denen soviel Wasser geben, Liebes?« fragte er durch das Fliegengitter.

Sie drehte sich nicht um. »Ab und zu müssen sie gegossen werden. Sogar Kakteen brauchen Wasser. Jeder braucht etwas. Ich, zum Beispiel, brauche etwas Respekt. Nicht mehr als Kakteen Wasser. Aber etwas.« Sie ging über die Veranda zu einer Geranie.

Er seufzte. »Hör zu – wieviel Zeit deines Lebens ist das? Du warst …«

Sie richtete sich mit starren Schultern auf. »Eine Hure, richtig?«

»Aber nein! Ein Mädchen, das seinen Spaß hatte, mehr nicht. Ein kleines Partygirl.«

»Ah, verstehe. Huren werden bezahlt. Ich war nur eine Schlampe.«

»Nein. Ein … Freigeist. Ich meine, wir haben ein bißchen Partnertausch gemacht. Ich bin froh, daß du und ich diese Partys hinter uns gelassen haben. Es war Quatsch. Aber noch ein einziges Mal kann nicht schaden – und es könnte – der warme Regen sein, der Durchbruch, Herrgott noch mal … Ich meine, der Mann ist ein kranker Typ, aber …«

Sie hatte ihm immer noch den Rücken zugewandt und schüttelte den Kopf. »Möchtest du wirklich, daß ich mit *Underhill ficke?* Stellst du mich auf die Probe? In Wahrheit soll ich nein sagen. Sag mir, daß das eine Prüfung ist.«

Sie drehte sich um und sah ihn an. Er konnte ihren Gesichtsausdruck nicht deuten: eine extrem aufgeladene Mischung aus Wut und Verwirrung. *Wie kannst du so etwas machen?* Auch dafür gab es so viele Interpretationen: Möglichkeiten, *Wie kannst du so etwas machen?* zu interpretieren.

»Linda … hör zu … Underhill hat dich bei einer Galerieeröffnung oder so kennengelernt, und seither ist er scharf auf dich … er ist gewissermaßen besessen von dir und will es endlich aus dem Kopf haben … das macht er einfach mit Menschen … er drängt sich Menschen auf diese Weise auf … ich meine, ich weiß, du hast ihn verabscheut, als du ihn kennengelernt hast … und warum solltest du eines seiner … seiner Opfer werden … Aber als Ausgleich bekommen wir diese Chance – er gibt grünes Licht für die Serie … du wirst Partnerin bei der Produktion sein und … und …«

Sie sah ihn an. »Du bist high, das ist es. Das ist es, richtig?« Sie stellte die Gießkanne ab; ihre Hände zitterten so sehr, daß die Kanne schepperte.

»Ist es so undenkbar, einmal mit ihm zu schlafen? Du könntest es ihm selbst sagen – vielleicht würde er –«

»Mein Gott – ist er gerade hier? Underhill? Ist er hier? Bist du sein Komplize?«

»Was? Nein!«

»Mach, daß du rauskommst!« Sie hob einen Topf mit einer Blume darin auf, stellte ihn wieder weg, nahm einen leeren Topf und schleuderte ihn nach Younger; er verfehlte sein Ziel und durchbrach mit einem unvorstellbar lauten Klirren das Küchenfenster. Der nächste prallte gegen den Holzrahmen des Fliegengitters. »MACH, DASS DU RAUSKOMMST, DU SCHLAPPSCHWANZ!«

»Himmel. Okay! Tut mir leid …«

Er lief durch die Küche und den vorderen Teil des Hauses hinaus; auf dem Bürgersteig klackten seine Schuhe laut. Lindas ältere Nachbarn sahen ihm nach. Sie hatten die Schreie und das Klirren gehört. Er hörte, wie sie etwas von Polizei sagten – sie befürchteten, er könnte ihr etwas angetan haben.

»Es geht ihr gut«, sagte er, »gehen Sie rein und vergewissern Sie sich.« Er stieg in sein Auto ein und fuhr weg; es scherte ihn nicht mehr, wie er fuhr, er paßte den Fahrstil seinem rasenden Herzschlag an.

Linda hatte bestimmt schon angerufen, überlegte er, während er in den Fahrstuhl stürzte, so daß der Koffer gegen sein Bein stieß. Linda mußte Underhill die Hölle heiß gemacht, die Telefonistin bedroht und von Klagen wegen seelischer Grausamkeit und Nötigung gebrüllt haben. Bestimmt versuchten sie darum, ihn daran zu hindern, daß er überhaupt in den Fahrstuhl reinkam, warum die Empfangsdame von Morning Star, hoch droben in dem Gebäude, mit aufgerissenen Augen stotterte, warum Hortmann und Underhill und die jungen VPs so verblüfft schienen, ihn zu sehen, als er sich an der Sekretärin vorbei in das Büro drängte: sie standen alle erschrocken auf, Hortmann lachte nervös …

»Ich sollte also unten schon aufgehalten werden?« sagte er. »Also, der Teufel soll Sie holen, Underhill. Sie … Sie haben mich durch Ihre Nazi-Lesbe aus der Hölle zwingen lassen, Ihnen meine Verlobte zur Verfügung zu stellen, damit Sie zwei Minuten Ihren Spaß haben können, und jetzt redet sie nie wieder ein Wort mit mir … ich wollte Ihnen nur sagen …«

Aber warum starrten sie seine Genitalien an?

»Younger …« sagte Hortmann. Etwas an seiner Stimme.

Younger blickte nach unten und sah seine entblößten Genitalien; sah, daß er bis auf Schuhe und Socken splitternackt war.

»Oh«, sagte Younger fast flüsternd. »Ich träume.«

»Nein«, sagte Hortmann, leckte sich die Lippen und schüttelte den Kopf. »Sie träumen nicht, mein Freund. Vielleicht sollten Sie Ihre … Ihre Antidepressiva wechseln … aber Sie träumen nicht … außer vielleicht auf eine andere als die gewöhnliche Weise … Was ich damit sagen will … Sie sind hier … das versichere ich Ihnen. Das ist kein Traum.«

Younger versuchte einen Moment, zu sprechen, konnte es aber nicht. Er erinnerte sich, wie er sich angezogen hatte – oder nicht? Und an das Gefühl von Kleidung … Oder nicht?

Nein, eigentlich nicht.

Jetzt konnte er ihn spüren, den Luftzug der Klimaanlage, der Gänsehaut auf seine Schenkel zauberte und seine Härchen aufrichtete.

Für die anderen war er körperlich entblößt, für sich selbst jedoch psychisch nackt – und da mußte er sich selbst sehen und eingestehen, ja, er hätte Linda überredet, Sex mit Underhill zu machen, sich für seine Karriere zu erniedrigen, und er hatte es nur deshalb nicht getan, weil sie standhaft geblieben war und sich weigerte. Durch seine eigene Schwäche, das begriff er jetzt, hatte er zugelassen, daß Underhill mit seinen kalten, kalten Händen den Ton seiner Seele modellierte und ihr die Form gab, die der Magnat amüsant fand. Diese lächerliche Bloßstellung, diese Nacktheit, hielt Younger irgendwie den Spiegel vor. Sie hatte den Puffer um die Wahrheit herum zertrümmert; sie hatte sein Kartenhaus vernünftiger Argumente in sich zusammenstürzen lassen …

Er konnte nicht ungeschehen machen, daß er sich zum Komplizen von Underhills kranker Psyche machen ließ; aber er konnte etwas anderes tun.

»Dieser Auftritt – das ist ein Versuch, mich zu *demütigen*«, sagte

Underhill anfangs mit anschwellender, bebender Stimme; dann fuhr er eiskalt fort. »Wissen Sie, daß manchmal jemand sagt: ›Sie werden nie wieder in dieser Stadt arbeiten‹, und alle lachen, wenn sie das hören? Sie lachen aus einem guten Grund. Es ist fast unmöglich, das zu schaffen. Aber sehr wenige Leute können es schaffen. Und ich bin einer davon. Sie arbeiten garantiert nirgendwo mehr – hier hereinzuplatzen und so mit mir zu sprechen, und mit diesem grotesken ...«

Er verstummte, als er die Automatik Kaliber .45 sah, die Younger aus der Aktentasche holte.

Younger konnte sich nicht erinnern, daß er die Waffe in die Aktentasche getan hatte. Aber er konnte sich ja auch nicht erinnern, daß er unbekleidet aus dem Haus gegangen war.

»Wahrscheinlich funktionieren die Patronen nicht«, seufzte Younger.

Aber sie funktionierten. Das Magazin der geladenen Waffe war voll, jede einzelne Kugel darin funktionierte prächtig, und es blieb sogar noch eine für Younger selbst übrig.

Siehst du, was ich meine? fragte H mit einer [hämischen, nachdrücklich glühenden] Glyphe. Die leben immer in einer Art Traumzustand. Es ist leicht, dafür zu sorgen, daß sich Traum und Wachsein überlappen, wenn man die richtigen [Symbolverbindungen] herstellt. Er befand sich in einem halb träumenden Zustand – aber er träumte nicht. Es war keine chemische Intoxikation erforderlich. Auf diese Weise konnte ich den Charakter seines Wachtraums ganz exakt steuern; ich konnte sein soziales Tabu und die Plazierung der Waffe in der Aktentasche einfach ausblenden.

Z wandte ein: Aber aus einem Traum wäre er erwacht. Dies geschah in der [realen Welt]. Insoweit ihre Welt real ist. War es wirklich nötig, es soweit zu treiben? Bis zu dem Punkt, in sein Unterbewußtsein den Wunsch einzupflanzen, die Waffe mitzunehmen?

Aber genau darum geht es doch an sich, antwortete H, der beobachtete, wie die Polizei den Massenmord und den Selbstmord untersuchte; das Kommen und Gehen tropfender Bahren, von denen jede der wachsenden Zahl von Schaulustigen ein neuerliches Murmeln entlockte.

H fuhr fort. Es geht genau um den Grad, das Maß und die Möglichkeiten, die ihre Subjektivität für uns bieten; ihre Unfähigkeit, sich selbst so zu sehen, wie sie sind – die Extreme.

Aber ich empfinde gewisse Zweifel an deiner eigenen Objektivität an diesem Punkt – es könnte sein, daß du zuviel Zeit in ihren Köpfen verbracht hast und …

Du irrst dich, unterbrach ihn H. Ich bin akut und rückhaltlos objektiv. Sieh doch zu, wie ich bei ihnen eingreife; wie ich sie bearbeite und neu gestalte, betrachte meine makellose Objektivität! Wir bleiben in derselben Metropole – vielleicht etwas näher am Meer. Die Wahrscheinlichkeit dort ist nicht so groß, daß die Leute in derselben Branche arbeiten, und Vielfalt dient bei diesen Experimenten als eine Art von Kontrollfaktor: sie funktionieren bei diesen nur marginal vernunftbegabten Lebewesen immer gleich. Und wir besuchen eine Frau, als weitere Variante.

H – ich verlange, daß du dich zurückhältst –

Hab Geduld, Z! Hier, diese Frau ist bestens geeignet. Steige mit mir in ihr Domizil hinab. Siehst du, auch sie bereitet sich auf eine Sitzung vor. Diese Wesen sind fast immer auf den Weg anderswo hin – sie sind so terminplanorientiert, so fixiert, es besteht kaum Hoffnung, daß sie jemals wahre Intelligenz entwickeln, und die daraus resultierende Zerstreutheit macht sie ungewöhnlich anfällig für alle Arten von Manipulationen. Sieh zu, Z! Sieh zu!

KAPITEL ZWEI

Z, H und Jane

Wo waren ihre gottverdammten Autoschlüssel?

Sie sollte sich um zehn mit Mr. und Mrs. Banqueros treffen und ihnen das Haus zeigen. Es war schon Viertel vor zehn, Sie hatte keine Zeit, im ganzen Haus nach den Schlüsseln zu suchen.

Sie hatte die kleine Wandablage neben der Tür eigens gekauft und neben der Tür aufgehängt, damit sie ihre Autoschlüssel dort aufbewahren konnte und war sicher, sie hatte sie dort gelassen, als sie gestern abend vom Essen mit Neva in Santa Monica zurückgekommen war. Sie hatte zwei Gläser Weißwein getrunken, aber so weggetreten war sie nicht gewesen. Die Schlüsselablage stellte eine Neuerung dar, und sie war so stolz darauf, daß sie sie aufgehängt hatte, damit sie nicht mehr nach den Schlüsseln suchen mußte und in Termindruck geriet. Und schon am nächsten Tag ... *voila!* Waren die gottverdammten Schlüssel schon wieder verlegt.

Aber irgendwie paßte das auch. Sie wurde immer vergeßlicher. Neva meinte, das wäre eine vorübergehende Phase der Wechseljahre. Erst Hitzewallungen, jetzt das.

Sie ging langsam im Kreis, von der Schlüsselablage ins Eßzimmer und zu den Taschen der Mäntel in der Diele. Sie sah sich selbst in diesem Zustand der Verwirrung in dem ovalen holzgerahmten Spiegel in der Diele – und blieb stehen und versuchte, mit einem Lachen darüber hinwegzugehen.

Ihre Schlüssel sind an der Halterung, wo sie sie gelassen hat, H. Wie hinderst du sie daran, die zu sehen?

Das lernt man eben. Berufsgeheimnis. Außerdem kann ich durch Willenskraft einen Ausbruch externalisierter Selbsterkenntnis auslösen. Quälende Selbstzweifel. Sieh zu und lerne, Z.

H – also wirklich, das ist so kleinkariert.

Kleinkariert? Trivial? Nein, Z. Es fängt nur so an, wie eine Vibratokomposition, die dann einem Höhepunkt entgegenstrebt. Komm – folge mir –

H, bedenke einfach die Möglichkeit, daß du …

Hör auf, mich anzusenden! Ich muß mich konzentrieren!

Sie hatte sich schon frisiert und sorgsam angezogen, weiße Rüschenbluse, grünes Jackett, karierter grüner Rock, dazu passende Schuhe. Es war ein windiger und bewölkter Morgen, nach den Maßstäben von Los Angeles fast schon kühl, daher schien ein Mantel nicht übertrieben. Eine gute Kombination, um Leuten Häuser zu zeigen. Aber etwas an ihrem Aussehen beschäftigte sie …

Vergiß es. Ich muß die Schlüssel finden. Sie sah sich um …

Dann wandte sie sich wieder dem Spiegel zu. Etwas an ihrem Spiegelbild ließ ihr keine Ruhe. Nur … etwas.

Ich sehe wie eine verzweifelte Geschiedene aus, dachte sie. Das ist es. Eine dreiundfünfzig Jahre alte Geschiedene, die versucht, gute Laune vorzuschützen, aber niemanden überzeugt.

Ein langes Gesicht, das langsam schlaff wurde; nie eine richtige Bräune, solange sie schon in Südkalifornien lebte. Vielleicht konnte sie Brooklyn einfach nicht hinter sich lassen, auch nach sechsundzwanzig Jahren nicht. Langes, welliges schwarzes Haar mit einer blond gefärbten Strähne darin, kupferfarbener Lidschatten, der ihr, wie sie glaubte, ein Flair des antiken Ägypten verlieh, aber schon stahl sich wieder Grau hinein – Zeit für eine neue Behandlung.

Welchen Sinn hatte es, mit diesem Aussehen ein Haus verkaufen zu wollen? Es strahlte seine negativen Schwingungen überall hin. Sie hätte heute morgen wirklich ihre Visualisierungsmeditation machen sollen. Aber sie hatte noch etwas Wein getrunken, als sie gestern abend nach Hause kam, und verschlafen.

Sie seufzte und riß sich von dem Spiegel los. Einfach nicht hinsehen. Konzentriere dich auf das Wichtige. Such den verdammten Schlüssel.

Okay. Gut. Wenn sie nicht auf der Ablage sind …
Aber da waren sie. Jetzt waren die Schlüssel da.
Sie blickte fassungslos hin. Wie hatte sie sie übersehen können?
»Höchste Zeit für das verdammte Gingko, und zwar schnellstens«, murmelte Jane, schnappte sich die Schlüssel und lief hinaus.

Die Banqueros waren ein kolumbianisches Ehepaar Mitte dreißig mit kosmopolitischem Gebaren und Stil; er im maßgeschneiderten Anzug, sie in einem eleganten schwarzen Kleid. Sie sprachen ein recht gutes Englisch mit leichtem Akzent und wirkten beide etwas reserviert, als sie Jane die Hand schüttelten und ein wenig plauderten. Er trug eine goldene Armbanduhr mit übertriebenem Band; dieses funkelte beim Händeschütteln lose an seinem Handgelenk. Das Funkeln zog, wie beabsichtigt, Janes Blicke auf sich.
Sie gingen die Einfahrt zu dem Haus hinauf, setzten verhalten skeptische Mienen auf und scheuten sich nicht, Spanisch zu sprechen, um an Jane »vorbeizureden«.
Sie erzählte ihnen von dem Haus. Es war auf einem zwei Morgen Grundstück im Maisonette-Rancherstil erbaut, hatte drei Schlafzimmer, zwei Bäder, eine Garage für zwei Autos, einen hübschen, im japanischen Stil angelegten Vorgarten und hinten einen betonierten Springbrunnen und Bäume, die Schatten spendeten. Aber die ursprüngliche Besitzer hatten sechsundzwanzig Jahre hier gelebt, daher sah alles entsprechend verwohnt aus. Die Leitungen mußten erneuert werden, stellenweise schien mehr als nur ein wenig Farbe erforderlich zu sein, und Jane führte sie hastig und in der Hoffnung durch die Diele, daß sie die verräterischen Wasserflecken an der Decke nicht bemerken würden. Aber Mrs. Banqueros fielen sie natürlich sofort auf.
»Muß das Dach erneuert werden, ja?« fragte sie.
»Nur stellenweise etwas repariert. Haben Sie die Garage gesehen? Die ist einfach riesig …«

Was hast du vor? fragte Z.

Sie schwebten unter den spinnwebverhangenen Balken in der Garage und sahen auf die Banqueros und Jane hinab. Da Z und H keine Augen im eigentlichen Sinne besaßen, »sahen« sie die Szene mit Voraussicht und nahmen sie deutlich anders wahr; aber sie erschloß sich ihnen auch aus Janes Warte.

H sendete eine Glyphe, die [Ausdruck rätselhafter Heiterkeit] ausdrückte und sagte nur:

Sie leben so sehr in einem linearen Kontext, daß man durch einige simple Schnitte erstaunliche Sachen mit ihrem subjektiven Bewußtsein anstellen kann ... Paß nur auf, du wirst schon sehen.

»In Kolumbien«, sagte Mr. Banqueros behäbig und gestikulierte, so daß seine Uhr funkelnd hin und her rutschte, »haben wir eine Übereinkunft mit unseren Verwandten, ein hübsches Haus auf dem Land, das den Charakter einer Erbpacht besitzt, aber ich habe jetzt einen Auftrag, hier zu unterrichten ... ich lehre lateinamerikanische Geschichte ...«

»Felix ist Professor«, sagte seine Frau; sie sagte es beiläufig, konnte aber ihren Stolz kaum verbergen.

»*Si.* Es ist wichtig, verstehen Sie, bald ein Haus zu finden. Wir hatten gehofft, wir könnten in wenigen Jahren dorthin zurückkehren, wissen Sie, aber Consuelas Onkel verkauft das Haus – macht diese Hoffnung zunichte –, daher habe ich das Haus abgeschrieben, es gibt kein Zurück dorthin – wir müssen ein anderes haben. Aber der Preis für dieses hier scheint seinem Zustand nicht angemessen zu sein. Doch wir müssen tun, was wir tun müssen.«

Aber für Jane kam die Zeit ins Stottern; aus ihrer Sicht verschmolzen Mr. Banqueros vorübergehende gereizte Mienen und wirkten in ihrer geschnittenen Abfolge wie eine einzige Fratze der Wut, während sie ihn scheinbar sagen hörte:

»In Kolumbien haben wir eine Übereinkunft mit unseren Verwandten ... ich habe einen Auftrag ... es gibt kein Zurück ... Hoff-

nung zunichte … töten: was wir tun müssen … der Preis scheint seinem Zustand nicht angemessen … wir müssen tun, was wir tun müssen … töten … töten!«

»Was?« Jane wich einen Schritt zurück. »Ich verstehe nicht … was?« Konnte es wirklich sein, daß sie drohten, ihre Verwandten in Kolumbien würden sie töten, wenn sie keinen guten Preis für das Haus machte?

»Ich will es nicht umsonst haben, ich bezahle einen guten Preis«, sagte Banqueros. »Sie müssen verstehen … wir finden einen Weg … ich will Ihren Verhandlungen nicht schaden …«

H mogelte ein bißchen: Er löste einen kurzen Stoß im Angstzentrum ihres Gehirns aus, nur damit die Situation etwas mehr Impuls, etwas mehr Schwung, bekam …

Jane hörte Mr. Banqueros sagen:

»Ich will es nicht umsonst. Sie finden einen Weg … oder bezahlen den Preis. Ich will Ihnen nicht schaden!«

Sie wich vor ihm zurück und machte den Mund auf und zu, brachte aber keinen Ton heraus.

Die Banqueros sahen einander an.

»Ich kann es nicht umsonst hergeben«, brachte Jane heraus. »Unglaublich, daß Sie mich auf diese Weise bedrohen … drohen, mich zu töten …«

Mrs. Banqueros sprach ihren Mann auf Spanisch an und benutzte unter anderem die Worte *que, elucida, herir, si,* um zu sagen: »Was haben wir gesagt, sie so zu kränken? Bring das in Ordnung, ja, um Himmels willen …«

Aber H schnitt hastig wieder, und Jane hörte nur: Que el sie … que el sie …!

Kill sie. KILL SIE.

Und Mrs. Banqueros Gesicht erstarrte mitten zwischen einer Miene und der nächsten – für Jane eine verzerrte, höhnische Fratze.

»O Gott«, sagte Jane, die das nackte Grauen packte. »Die Kartelle … Die kolumbianischen Kartelle … ich habe gehört, daß sie … O nein, hören Sie, ich kann nicht – ich meine …«

Dann drehte sie sich um, rannte zur Seitentür der Garage und versuchte verzweifelt, sie zu öffnen. Banqueros ging ihr nach und sagte: »Was glauben Sie, habe ich gesagt, daß Sie gehen wollen. Sie können natürlich … Aber versuchen Sie zu verstehen …«

Jane hörte: *»Glauben Sie, Sie können gehen. Versuchen Sie's!«*

Er öffnete ihr die Tür – spöttisch, vermutete sie –, worauf sie hinauslief und zu ihrem Auto rannte.

Sie hastete die Einfahrt hinunter, brach einen Absatz ihrer Pumps ab und mußte die letzten zehn Schritte hinken. Sie hatte das Auto nicht abgeschlossen und dankte zur Abwechslung einmal Gott für ihre schlechten Angewohnheiten.

Sie riß die Tür auf, stieg in ihr Auto ein und verriegelte die Tür … kramte hektisch in der Tasche … und stellte fest, daß sie die Schlüssel schon wieder verloren hatte. Sie mußte sie im Haus liegengelassen haben!

Banqueros kam mit der Hand in der Manteltasche heraus. Er hatte nicht vor, auf das Kartell zu warten – er wollte sie persönlich umbringen!

Sie hielt das Handy schon in der Hand und wählte 911. Und kreischte etwas von kolumbianischen Kartellen, Killern, einem Immobiliengeschäft, das schiefgegangen war, er würde versuchen, in ihr Auto einzudringen … bitte beeilen Sie sich …

Er versuchte tatsächlich, die Autotür zu öffnen, dann klopfte er behutsam an das Autofenster, damit er sie beruhigen und ihr alles erklären konnte. Das Lächeln, das er zu ihrer Beruhigung sehen ließ, wirkte für Jane unnatürlich starr: H bearbeitete es, indem er es in Janes Wahrnehmung zu einer spöttischen, mörderischen Fratze einfror.

Banqueros stand auf, hob bestürzt und verzweifelt die Arme hoch; er wandte sich ab, ging weg, schüttelte den Kopf …

Aber nicht für Jane – für sie klopfte er immer noch, klopfte, klopfte immer wieder, klopfte an das Autofenster, beugte sich zu ihr und klopfte und sah sie ohne zu blinzeln mit demselben erstarrten Reptilienausdruck an, in ihrer Wahrnehmung eine Endlosschleife.

Sie strampelte sich von ihm weg … von der Stelle, wo sie ihn sah …

Ein Streifenwagen in der Nähe hatte den Notruf empfangen und kam gerade mit heulender Sirene und quietschenden Reifen um die Ecke geschossen …

Die beiden jungen weißen Polizisten sprangen schnell aus dem Streifenwagen, ließen die Autotüren offenstehen wie die metallenen Schwingen des Todesengels und stürzten sich mit gezückten Waffen auf den »Mann des kolumbianischen Kartells«, der wütend gestikulierend auf sie zugestapft kam, weil er dieses alberne Spiel satt hatte.

Banqueros griff in die Manteltasche, um den Paß zu herauszuholen. Der Polizist, der näher bei ihm war, rief eine Warnung und spannte den Hahn.

Mrs. Banqueros lief zu ihrem Mann und versuchte, ihn zurückzuhalten – er verlor das Gleichgewicht, als sie an ihm zerrte, und kippte zur Seite, als der Polizist gerade in rascher Folge drei Schüsse hintereinander abgab.

Die Kugeln passierten die Stelle, wo Banqueros eben noch gewesen war, durchbohrten statt dessen Mrs. Banqueros und zertrümmerten ihr den Brustkorb, so daß Knochensplitter in Lunge und Herz eindrangen.

Sie taumelte rückwärts, sackte zusammen und lag zappelnd in einem Bett aus Gänseblümchen und Rindenmulch.

Mr. Banqueros warf sich neben ihr nieder, schrie ihren Namen, schluchzte, fluchte.

Jane bildete sich ein, daß sie Gelächter aus der Luft selbst hörte; oder von irgendwo im runden, hallenden Knochen ihres eigenen Schädels …

Sie konnte kein Gelächter gehört haben, denn Gelächter ist Schall; H konnte kein schallendes Gelächter von sich geben …

Gibt es so etwas wie rein telepathisches Gelächter?

Vielleicht konnte sie gerade soviel in Hs Gedanken lesen. Vielleicht können wir alle sie hin und wieder lachen hören, wenn wir es wirklich versuchen.

Ich weiß, was du denkst, sagte H mit einem Schwall allzu heller Glyphen. Du glaubst, Z, daß dieses Experiment sehr [brachial oder unsubtil] gewesen ist. So ist es. Es war nicht [subtil]. Aber du bist Anfänger, was diese Art der Studien angeht, darum habe ich es einfach für dich gemacht.

Aber du hast Angst in ihr induziert – das hat die Reinheit des Experiments kontaminiert, legte Z dar.

Angst ist ein notwendiger Bestandteil der Studien.

Man könnte fast den Eindruck gewinnen, daß du diese Experimente ausschließlich der Experimente wegen mit ihnen anstellst –

Es ist manchmal [nicht die präzise Wahrheit: d. h. fast], als wäre es eine reine Kunstform an sich, ja. Aber ist das nicht eine Form der Anbetung?

Wir sind diese neutralen [ätherischen Wesen], die weder in den Diensten des Diabolischen stehen, noch den Großorganisator anbeten; wir sind die Zeugen. Wir beten nichts an. Aber ich verstehe den Begriff Anbetung, jedoch nicht, wie du ihn hier meinst –

Durch Experimentieren! Das Universum lebt von Experimenten! Letztendlich existiert das Universum, wie du wohl weißt, nur als großangelegtes Experiment; festzustellen, ob er sich selbst erfahren, ob er sein eigenes Dilemma begreifen kann, das ist das ureigene Experiment des Kosmos selbst; darum erschafft er Geschöpfe und damit eine Million Milliarden Erfahrungen, durch die er sich selbst als Teil des großen Experiments erfahren kann, um festzustellen, ob er Erfüllung im Anderssein finden kann. Bis die [Zeit] völlig zum Stillstand kommt, solange ist alles Experiment!

Lassen wir die Rhetorik einmal außen vor, du hast jetzt zweimal den Einsatz ihrer Explosions-Projektilwaffen als Ende deiner Experimente herbeigeführt – mir ist nicht klar, inwiefern diese tödlichen Explosionen den erfolgreichen Höhepunkt eines Experiments darstellen sollen –

Das zeigt, wie wenig du diese [Geschöpfe der Erde] verstehst! Dieser tödliche Einsatz von Waffen ist ein Zeichen dafür, daß die Ereignisse unter diesen Geschöpfen eine Klimax erreicht haben. Ohne die Waffen gibt es keine wahrhaftig bestätigte Klimax, und es hat auch keine wirkliche Entblößung-der-Psyche stattgefunden. Aber ich kann das auch deutlich [subtiler] herbeiführen. Es gibt einen Ort: [Nordirland], wo sich jüngst Verhandlungen in einem Endstadium befanden und ein Ende von Feindseligkeiten in greifbare Nähe rückte. Ich habe interveniert und die Fraktion [protestantischer Extremisten] der seit Urzeiten verfeindeten Parteien durch subtile Schnitte daran erinnert ... die Waffenklimax erfolgt dort nicht so unmittelbar, wie wir es hier und heute erlebt haben – deutlich subtiler. Aber du wirst schon sehen –

Ich glaube wirklich nicht, daß der Konsens in harmonischer Polarität zu alledem sein wird, H. Der [Ablauf des Ereignisstroms, d. h. Zeit] ist gekommen –

Z! Du mußt aufpassen! Sehen und beobachten! Mich fasziniert der Einsatz ihrer Polizisten. An diesem Ort: [New York City] ließ ich kürzlich Polizisten eine Waffe anstelle einer Geldbörse sehen. Es ist alles so einfach. Ich habe bereits Vorbereitungen für ein bestimmtes Experiment getroffen ... Du wirst schon sehen ... Ich hoffe, daß es zu einer perfekten Klimax kommt, wieder mit der Polizei, aber mit deutlich mehr Entblößung der inneren Funktion dieser Geschöpfe. Du verstehst nicht, wie sie mit ihrer eigenen Psycho-Physiologie herumspielen und wie man das gegen sie verwenden kann ... Also – wir müssen uns mehr als einmal durch die vierte Dimension bewegen. Folge meinen Schwingungsemanationen dicht. Beobachte, Z! Lerne! Staune!

KAPITEL DREI

Pillen

Zuerst, sagte H, die Auftaktszene, die, glaube ich, hier in diesem [Woodland Hills, Kalifornien] stattfindet, in dem Raum, wo sie ihre Morgenmahlzeit zubereiten …

H und Z sanken durch die Küchendecke, schwebten nahe einem Beleuchtungsgerät und verfolgten, wie Mark Spenser seine Zeitung aufschlug und Lu Ann Spenser ihnen Kaffee machte.

Du wirst nicht wieder direkt eingreifen? fragte Z, der feststellte, daß H sich nicht den beiden Menschen näherte.

Alles ist bereit, sagte H.

Sie war an der Reihe, das Frühstück zuzubereiten, obwohl sie selbst so gut wie nie frühstückte. Sie stand hinter Mark am Tresen und bereitete ihm dennoch seine Eggo-Waffeln zu. Heute abend würde sie das Essen in der Mikrowelle aufwärmen. Morgen würde er Frühstückskaffee und Abendessen zubereiten.

Er hörte sich wie immer eine frühmorgendliche Jazz-Sendung im Radio an, während er die Zeitung durchblätterte; sie teilte seine Begeisterung für Jazz nicht und fand die Musik am Morgen nervtötend. Aber wenn sie abschaltete, würde er die Lippen schürzen und schmollen.

Sie mußten beide bis halb neun auf dem Weg sein, Mark zu seinem Job als Programmierer bei Digital Lithographics, sie zu ihrem als Assistentin der Geschäftsleitung von Buntline Security. Sie war die rechte Hand des Firmenchefs und mußte demzufolge vor ihm da sein. Zum Glück ließ er sich nie vor halb zehn blicken.

Als sie ihren Kaffee trank, konnte sie immer noch die Xanton schmecken, die sie vor einer halben Stunde unter der Zunge zergehen ließ. Vielleicht sollte sie lieber nicht mit Stimmungsaufhellern anfangen. Man sollte nur von Medikamenten abhängig sein, wenn man, na ja, ein echter Fall für die Klapse war. Sie wußte nicht einmal, warum sie unter diesen unterschwelligen Angstgefühlen litt; warum sie zu gelegentlichen Panikanfällen neigte. Sie hatte es mit entkoffeiniertem Kaffee versucht, aber der schien alles nur noch schlimmer zu machen. Konterintuitiv wie das war.

Während sie Cremora-Kondensmilch in Marks Kaffee gab, überlegte sie, ob sie wieder einmal zur Sprache bringen sollte, daß sie die Antibabypille absetzen könnte; ein Baby bekommen. Sie wünschte sich so sehr eine kleine Tochter; heute Morgen hatte es sie schon größte Willensanstrengung gekostet, die Pille zu schlucken.

Aber das würde er natürlich nicht zulassen.

Sie brachte ihm seinen Kaffee, die Eggos mit Erdbeermarmelade, setzte sich ihm gegenüber und sagte sich, daß dieser Zeitpunkt so gut wie jeder andere wäre, um mit ihm über ein Baby zu sprechen. Dann stand sie wieder auf.

Er schaute auf und blickte sie über seine Halbbrille hinweg an. Seltsam, wie seine Stirn noch mehr als sonst völlig überproportioniert zu dem spitzen Kinn wirkte. »Hast du was vergessen? Du hüpfst auf und ab wie ein Präriehund.« Er kam aus Nebraska. Wer sonst würde Anspielungen auf Präriehunde machen?

Der Jazz aus dem Radio plärrte ihr entgegen. Er war lauter geworden, als hätte er selbst beschlossen, die Lautstärke hochzudrehen. Sah Marks Haaransatz heute höher aus als letzte Woche? Seine vom Golfspielen sonnenverbrannte Stirn wirkte so hoch. Aber das war immer so.

Er sah sie neugierig an. »Du stehst da, als wolltest du mir gleich ins Gesicht springen«, sagte er um einen Mundvoll Eggo herum.

»Also, ich … da war etwas … Könntest du diesen Jazz leiserstellen? Er ist so laut, daß ich nicht klar denken kann.«

»Soll das ein Witz sein? Ich höre ihn ja kaum. Ich glaube, das ist Bird, aber ich bin nicht sicher, obwohl ich Bird stets erkenne. Die Lautstärke ist so eingestellt wie immer – leise!«

»Ist lauter geworden. Gerade eben.«

»Ich habe ihn ganz sicher nicht lauter gestellt«, sagte er mit dieser herablassenden Ruhe, die er stets zur Schau stellte, wenn er andeuten wollte, daß alles nur »Mädchen-Hormonekram« war. Da war *eindeutig* etwas mit seiner kahlen Stirn; etwas, das heute Morgen regelrecht zu pulsieren schien. Wenn er den Kopf neigte, um sie über den Rand der Brille hinweg anzusehen, schien es, als würde er mit dieser Stirn auf sie *zielen.* »Das ist nicht lauter als sonst auch. Was beschäftigt dich denn? Wieder diese Kindersache?«

Die Kindersache. Wie konnte er nur von der Kindersache sprechen? Für sie, wie für alle anderen, war das ein ungeheuer bedeutsames Thema. Es war so wichtig, ob man Kinder hatte oder nicht. Und er machte mit diesem Mist von wegen *Kindersache* etwas Triviales daraus, wie aus allem, das sie beschäftigte!

(Der Jazz war jetzt so laut, so chaotisch, so formlos, und er wurde immer lauter und lauter.)

»Du gaffst mich nur an, weißt du das? Gaffst … nur. Hast du deine Medizin genommen?«

Jetzt verspürte sie eine schreckliche, pochende Hitze in sich; sie konnte diese Hitze sogar hören, als eine Art anschwellendes, immer schrilleres Pfeifen in ihrem Kopf.

Jemand kreischte: »Meine Medizin! Denkst du so darüber? Daß ich Medikamente nehmen muß, damit ich nicht ausflippe, verdammt?«

Er lehnte sich blinzelnd auf seinem Stuhl zurück. Dann kam ihm der Gedanke. »Oh! Es ist PMS, richtig? Ein wenig früh, aber …«

»Ganz recht – wenn sich eine Frau aufregt, dann nie mit gutem Grund, sondern nur, weil sie am verdammten PMS leidet, richtig?«

»Nein! Das ist nicht –«

»Also wirklich – Mark – Scheiße – ›meine verdammte Medizin genommen.‹ Was soll *das* denn jetzt wieder heißen?« Das Pfeifen wurde zu einem *Brüllen.*

»Nichts, Lu Ann, ich wollte nur … das … wie du … dieses Haus …«

Seine Stimme ging in dem brüllenden Geräusch unter; sie konnte nur noch ein paar vereinzelte Worte verstehen:

»Ich … Herrgott, Lu Ann … Arzt, wenn … Auto …«

Und ihr schien, als wäre das Brüllen ein Sturmwind, der sich rings um sie herum zusammenbraute. Und der Druck auf ihre Schläfen wurde immer schlimmer. Bestimmt würde sie sich gleich übergeben, das Gehirn würde ihr in die Augen laufen …

Sie kam sich vor, als stünde sie in einem dieser Windkanäle, in denen Flugzeuge getestet wurden, und der Wind wehte hinter ihr, hin zu ihm, so laut, daß sie sich selbst kaum kreischen hören konnte.

Dann brüllte er etwas zurück, aber sie konnte es in dem Pfeifen und Rauschen nicht verstehen und sah nur *diese Stirn* wie eine rote Beule, die vor ihr zu *pulsieren* schien wie sein geschwollener Pimmel, wenn er sie zwang, ihm einen zu blasen, auch etwas, das ihr stets zuwider gewesen war, aber ihm gefiel es so sehr, wenn er sie dazu überreden konnte, sein triumphierender – hastig verborgener – Gesichtsausdruck gestern nacht, als sie sagte: »Ohhh-kay, Hugh Hefner, gib ihn schon her«, und ihn in den Mund nahm, pochend und pulsierend, genau wie diese rote Beule auf seinem Kopf … Er schwankte vor ihr wie eine Schlange kurz vor dem Zubeißen; diese rote Beule, sein Pimmel, die Stirn, der Pimmel …

Gab diesen Jazzlärm von sich, wie eine Kobra ein Zischen von sich gibt …

Und sie konnte es nicht mehr ertragen, aber sich einfach nur abwenden konnte sie ganz sicher auch nicht, darum nahm sie das kleine Kofferradio auf dem Tisch – ohne den Stecker zu ziehen, so daß es noch spielte –, hob es über sein brüllendes Gesicht und schlug fest damit zu, rammte eine Ecke aus Metall in diese Beule von einer Stirn, brach sie und kreischte, vielleicht laut, vielleicht auch nicht: *Hier ist dein Jazzgedudel, du herzloser Drecksack!*

Sie kniete über ihm, da er mitsamt seinem Stuhl nach hinten

gefallen war und mit den Füßen auf dem Sitz des umgekippten Stuhls zappelte wie eine Kakerlake, den Mund aufgerissen hatte und etwas zu ihr emporschrie, aber sie konnte es nicht hören im Tosen des Windes und dem Lärm des Radios, dessen Stecker sich zwar gelöst hatte, als sie damit zuschlug, das aber dennoch lauter denn je plärrte; es plärrte und sein Blut tropfte davon herunter, während sie auf seinen Armen kniete, um sie am Boden zu halten – wie stark sie sich plötzlich fühlte, sie, die ihn normalerweise stets gebeten hatte, die »schweren Sachen« für sie zu tragen – sie schlug immer wieder zu und versuchte, diese rote, pulsierende Beule von einer Stirn aufzubrechen, bis sie schließlich mit einem orgiastischen Schwall zerplatzte …

Der Typ von der Fahrgemeinschaft ihres Mannes stand an der Tür, ruderte mit den Armen, rief jemandem hinten im Auto etwas zu und bedeutete ihm mit Gesten: *Nimm dein Handy.*

Wenig später ertönten Sirenen, aber da war sie längst im Badezimmer, kniete auf dem Boden, verspritzte mit einer Hand das Wasser in der Toilette wie ein Baby sein Badewasser …

… schluchzte und würgte abwechselnd … und jetzt wünschte sie sich, das Brüllen würde wiederkommen, damit sie nicht hören mußte, wie an die Tür geklopft wurde.

Ich verstehe nicht ganz, was du daraus gelernt hast, das du nicht bereits wußtest, sagte Z. Und ich konnte diesmal auch nicht sehen, wie du das Experiment bewerkstelligt hast – diesmal hast du anscheinend keine Worte herausgeschnitten oder im Angstspektrum gesendet …

Ich habe gar nichts gemacht, sagte H mit [eine Glyphe, die Triumph ausdrückt]. Oder, um exakt zu sein, in jüngster Zeit nicht. Sie hat alles allein gemacht, hat ihre Pharmazeutika vermischt, eine gewisse neue Formel in Verbindung mit einer älteren ruft diese Wirkung hervor.

Ich sehe nicht, wie dieser Teil deiner allgemeinen Beobachtung …

Das wirst du schon sehen. Komm jetzt, Z; folge mir erneut

durch die vierte Dimension und den Raum. Wir besuchen diesen Ort: [Winnetka, Kalifornien].

Vielleicht wäre der Zeitpunkt ja wirklich gekommen, H, da wir uns mit dem Konsens beraten.

Ich kann an diesem Knotenpunkt des Ereignisstroms nicht mit dieser Polarität harmonisieren. Komm mit mir, Z! Ich lerne soviel! Zoologisch und exo-soziologisch und in vielen anderen Fächern – lerne ich! Komm, Z, und sieh! Öffne deinen Geist!

Es war ein langer Raum ohne Fenster, mit abstrakten Gemälden in Grau und Blau an den fast weißen Wänden. Niemand sah diese Bilder je direkt an; sie dienten lediglich dazu, die weiße Monotonie zu unterbrechen.

Eckmans Assistent hatte ein Fernsehgerät der Abteilung für visuelle Medien in den großen Konferenzraum des Hauptsitzes von Topgrade Pharmaceuticals gerollt, damit sie den Bericht von CNN verfolgen konnten, vor denen die Rechtsabteilung sie gewarnt hatte. Als Hank mit den Lattes hereinkam, machte sich Eckman selbst gerade an der Fernbedienung zu schaffen.

»Es gibt einfach zu viele Fernbedienungen«, murmelte Eckman. Er war ein schlanker, blasser Mann mit borstigen schwarzen Haaren auf den schlaksigen weißen Unterarmen; sein Gesicht war von Aknenarben übersät, die nervösen blauen Augen lagen tief in den Höhlen. Das schwarze Haar hatte er zu einem Bürstenschnitt geschoren, und er trug fast immer ein Golfhemd, Khakihosen und Turnschuhe. Alles wirkte ein wenig zu groß für ihn. Er war der stellvertretende CEO und würde womöglich der oberste CEO werden; er besaß Aktien, einen Jet, den ihm die Firma zur Verfügung stellte, das ganze Paket. Er hätte sich ohne Not maßgeschneiderte Kleidung leisten können. Aber er kaufte bei Target von der Stange und fuhr einen Camry.

»Wenn ich dem sein Geld hätte«, hatte Hank mehr als einmal zu seiner Frau gesagt, »würde ich nur maßgeschneiderte Sachen tragen und mindestens einen verdammten Lexus fahren, wenn nicht gar einen Porsche.«

»Bei deinem Fahrstil«, konterte sie, »wärst du mit so einem Luxusschlitten binnen einer Woche ein toter Mann.«

»Im Ernst –« fuhr Eckman jetzt fort, »– welche Fernbedienung, Hank, gottverdammt –«

»Sie haben da die Fernbedienung des Videorekorders. Sie brauchen die andere«, sagte Hank und stellte das Papptablett mit den Kaffees auf den langen, ovalen Konferenztisch. »Nein, die *andere.* Ja – und jetzt drücken Sie auf ›TV‹. Und jetzt drücken Sie ›Kabel‹. Und jetzt die Taste ›ON‹ …«

Der Fernseher gluckste leise, schien im Licht aus dem Inneren der Bildröhre zu erschauern und ging an. »Scheiße, wie alt ist dieses Ding denn, ich bestelle gleich morgen früh einen digitalen.«

»Wir brauchen ihn nur etwa dreimal im Jahr.«

»Und wenn schon. Los jetzt, genug Werbung, kommt endlich zur Sache.« Er sah auf seine Digitaluhr und zog einen Latte aus dem Pappkartontablett, so daß das Styropor quietschte. »Herrgott, setzen Sie sich, Ferris, Sie müssen nicht so um mich herumschleichen.«

»Wie Sie meinen, Tod.« Hank setzte sich und zog einen Notizblock und Stift zu sich; drei Blöcke Kanzleipapier lagen auf dem Tisch verstreut, zusammen mit einem Lautsprecher im Konferenzstil und Eckmans winzigem Handy. Hank war gut fünfundzwanzig Zentimeter größer und dreißig Kilo schwerer als Tod Eckman. Doch auch wenn Hank körperlich größer war, so war doch Eckman der sechshundert Pfund schwere Gorilla hier, was er Hank nie vergessen ließ.

»Haben Sie einen Latte light für mich?« fragte Eckman, zog den Deckel von dem Becher und äugte skeptisch in den Schaum.

»Wie immer. Als ob Sie abnehmen müßten, Allmächtiger. Trauen Sie sich was, Boss. Ich hab fünfundzwanzig Pfund, die ich nicht brauche, auf den Hüften.«

»He, ich arbeite gerade an einem Bauch, der – oha, da kommt es.«

»Soll ich nicht noch jemanden hereinbitten?«

»Nein, Scheiße, niemand soll wissen, daß wir so besorgt deswegen sind. Still – oh, Scheiße, sehen Sie sich das an ...«

Die Aufnahme einer jungen Frau, die vor dem Haus stand. Das CNN-Logo in der Bildschirmecke. Die Reporterin sprach ernst von einer Tragödie, Sinnlosigkeit, überraschten Nachbarn. Hinter ihr: Streifenwagen des Sheriffs, gelbes Absperrband der Polizei.

»Ist das von gestern?« fragte Hank.

»Nein. Ja, ich meine, die Tat geschah gestern, aber dieser Bericht ist live, in diesem Augenblick, die Polizei ist immer noch dort – und jetzt halten Sie um Himmels willen den Mund.«

Die hübsche Nachrichtensprecherin machte eine dramatische Pause und warf einen Blick auf das Haus, dann wandte sie sich traurig zur Kamera zurück und fuhr fort. »Nach ihrer Festnahme und auf dem Polizeirevier sagte Lu Ann Delveccio immer wieder nur vier Worte, die sie ständig wiederholte: ›Es waren die Tabletten ... Es waren die Tabletten.‹«

Eckman bemerkte, daß die Tür des Konferenzraums ein wenig offen stand. Er ging hin, machte sie fest zu, kam zurück und stellte sich mit über der Brust verschränkten Armen vor den Fernseher, während die Reporterin sagte: »Die einzigen Medikament, die sie bekanntermaßen nahm, waren ein Stimmungsaufheller namens Xanton, das von Topgrade Pharmaceuticals hergestellt wird ...«

Eckman stöhnte. »Scheiße Kacke *Pisse.*«

»... und Antibabypillen, die von Ely Lilly hergestellt werden. Sprecher von Lilly bestritten, daß ihre Medikamente zur Geburtenkontrolle meßbare Auswirkungen auf das Verhalten haben könnten. Eine Verlautbarung von Topgrade Pharmaceuticals steht noch aus. Xanton wurde bereits in zwei anderen Fällen mit gewalttätigen Ausbrüchen in Verbindung gebracht – wenn auch nicht so extremen ... Bobbie, zurück zu Ihnen.«

CNN-Sprecherin Bobbie Batista kam wieder ins Bild und kündigte weitere Informationen zu dieser tragischen Geschichte an.

Eckman drückte wütend mit dem Daumen auf die Fernbedienung; der Fernseher schüttelte sein Bild ab. »Scheiße! Die mußten natürlich über Topgrade daherplappern, das mußten sie einfach – ohne eine Untersuchung, bis jetzt weiß noch niemand einen *Scheißdreck.*«

Hank zog einen gelben Block und Stift zu sich und fing mit konzentrierter Miene an zu kritzeln. Während er sprach malte er sehr sorgfältig ein Quadrat, dann ein zweites, in einem Winkel geneigtes in dem ersten. »Also ... wir haben noch einen Vorfall, diese Frau, die behauptet, daß sie wegen Xanton bei der Arbeit ausgeflippt ist. Sie wurde entlassen und wir haben uns außergerichtlich geeinigt. Wenn die herausfinden, daß wir uns auf eine Einigung eingelassen haben, sieht das so aus, als hätte sie recht gehabt ...«

»Ach, Quatsch, die Leute machen ständig solche Einigungen, wenn es ein Problem gibt, nur damit ein Ende ist. Scheiße, die hat vierzig Riesen bekommen – ist das was Größeres?«

»Aber wenn die mit Dr. Cavanaugh reden ...«

»Wenn Cavanaugh mit *irgend jemandem* redet, lasse ich mir seine Eier auf einem Teller servieren.«

»Eine schöne Vorstellung. Hören Sie, der redet vielleicht mit denen, nur um seinen Arsch zu retten. Etwa: ›Klagt *mich* nicht an, ich hab die gewarnt.‹« Hank malte ein drittes Quadrat in die ersten beiden.

»Ich werde dem Arschloch Gottesfurcht beibringen.« Eckman ging auf und ab, blieb stehen, trank von seinem Latte, ging weiter.

»Sie haben das mit den Antibabypillen gehört. Wissen Sie noch, was Cavanaugh sagte ...«

»Ja, ja: Antibabypillen könnten mit Xanton reagieren – eine Art extreme Kämpfen-oder-Fliehen-Reaktion.«

»Er sagte, es wäre mehr wie bei diesem Aufputschmittel, das die US-Armee an Affen erprobt hat, um sie aggressiver zu machen – das wollten die bei ängstlichen Soldaten anwenden. Sie konnten es aber nicht bei Soldaten anwenden, weil die Affen einfach alles getötet haben, was sich bewegte, ohne Unterscheidung. Wenn dieser Vergleich ans Licht kommt ...«

»Verdammte Scheiße, es steht eine *Warnung* darauf, es nicht zusammen mit anderen Mitteln einzunehmen, der Arzt soll die Patienten darauf hinweisen, es wird in den Fernsehspots für das Zeug gesagt und … Auf welcher Seite stehen Sie eigentlich, Hank?«

»Auf unserer. Ich sage Ihnen nur … was auf uns zukommen könnte.«

Eckman wirbelte auf dem Absatz herum, zeigte auf ihn und schüttete sich Kaffee auf das Handgelenk. »Verflucht, ich sage Ihnen, was auf uns *zukommen* könnte – auch auf Sie, Freundchen! Nicht nur eine Prozeßlawine – wenn die rauskriegen, daß wir die Ergebnisse manipuliert haben, landen wir im Gefängnis!«

»Ja, ich weiß.«

Hank kritzelte ein lachendes Gesicht in das dritte Quadrat. Dann malte er kleine Xe über die Augen.

»Davon habe ich dir erzählt?« fragte Hank. »Daran kann ich mich gar nicht erinnern.«

Seine Frau zuckte die Achseln. »Du warst betrunken. Und vielleicht sogar high von einigen deiner eigenen Medikamente.«

»Ziemlich unwahrscheinlich, Ellen.«

Sie lagen beide an diesem warmen Samstagabend ausgestreckt in langen Liegestühlen auf der Veranda; die Sonne war noch rund eine Stunde vom Horizont entfernt und schien ihnen zwischen den Pappeln hindurch direkt auf die Sonnenbrillen; beide trugen Sonnenbrillen mit Seitenschutz. Sie warteten darauf, daß die Steaks auf dem Grill zu brutzeln anfingen. Hinter dem Weber-Grill standen eine Reihe von Rosensträuchern und der hüfthohe graue Metallzaun um den Pool. Im Schatten der Bäume und Paradiesvogelhecken wirkte das Wasser dunkelblau; als er hinsah, war ihm nach Schwimmen zumute, bis er einen Moment länger hinsah; da das Blau des Wassers so undurchdringlich wirkte, hatte man den Eindruck, als würde es ewig abwärts gehen, wenn man in den Pool sprang, während die Farbe des Wassers von Blau in Indigo überging, und von Indigo in Schwarz …

Ellen tauchte einen Finger in ihr Glas und tupfte sich die Flüssigkeit auf die Lippen. »Du erinnerst dich nicht daran, wie du über deine Bedenken wegen Xanton gesprochen hast, Hank? Wie du mitgemacht hast, weil Eckman es so wollte?«

»Aber, ich meine – ich habe nichts … du weißt schon, etwas, äh, *Ausführliches* gesagt über die …« er senkte die Stimme, »… die Xanton-Sache.«

Ellen ließ das Eis in dem Limonadenkrug nachdenklich klimpern, ehe sie antwortete. Er sah ihr neidisch beim Trinken zu: sie würzte die Limonade mit Wodka. »Na ja …« Sie streckte die langen, braunen Beine aus; bewegte die rosa lackierten Zehen. Sie trug kurze blaue Hosen und eines seiner weißen Oberhemden; sie war blondgefärbt, braungebrannt und hatte braune Augen.

Sie war fast so alt wie Hank, fünfundvierzig, er sechsundvierzig, und an diesem Morgen fiel ihm erstmals auf, daß ihre Brüste und ihr Hintern schlaff wurden. Er überlegte sich, ob es eine »sensible« Möglichkeit gab, ihr zu sagen, daß sie wieder den Hometrainer benutzen könnte.

»Du hast gesagt«, fuhr sie schließlich fort, »daß Dr. Cavanaugh euch Jungs gewarnt hatte … daß es gewisse Parallelen zu einem Mittel gab, das die Armee –«

»Ellen?« Er warf einen Blick zum Holzzaun hinter den Wacholderbüschen. »Könntest du hier draußen vielleicht ein *bißchen* leiser sprechen?«

»Ach, komm schon, niemand kann uns hören. Die Thorensons sind im Urlaub und die Shapiros wegen diesem, wie heißt es gleich, Bris, oder so, in der Synagoge.«

Hank kritzelte mit dem Daumennagel auf das Vinyl seiner Liege. Ein Quadrat.

»Ich möchte sowieso lieber nicht darüber reden«, sagte er schließlich. Würde sie ihm die Hölle heiß machen, wenn er sich auch etwas zu trinken holte? Er sollte keinen Alkohol trinken. Sie hatte Alkohol für sich im Haus, und er tat so, als wäre das in Ordnung, aber ihn ärgerte, daß sie trinken konnte, ohne zuviel zu trinken, und er nicht.

Es war ja nicht so, daß er ein Alkoholiker wäre, der sich kaum auf den Beinen halten konnte. Ab und zu verlor er ein klein wenig die Kontrolle. Er hatte diese Affäre mit Mary Shapiros Schwägerin gehabt – Caris mit den großen Titten, den unglaublichen prallen, braunen Brustwarzen, der rätselhaften Faszination der schwarzen Locken an den Oberschenkeln, im Schritt –, und dabei war Alkohol ein entscheidender Faktor gewesen.

Aber kein allzu schwerwiegender Faktor. Damit er Ellen zurückbekam, hatte er winseln müssen, daß ihn nur der Alkohol dazu getrieben hatte, daß Caris und er getrunken hatten, daß das sein Urteilsvermögen trübte, und da sie es eben schon mal miteinander getrieben hatten, na ja, konnten sie auch gleich weitermachen, sagte er –

»Ja, es mit ihr machen, darum ging es dir«, sagte Ellen höhnisch.

– es sei eine vom Alkohol motivierte sexuelle Affäre gewesen, sagte er ihr, und Caris bestand darauf, zu trinken (was natürlich nicht stimmte), was für ihn eine Ausrede war, um zu trinken, und darum hätte er die Affäre überhaupt nur angefangen, damit er trinken konnte, an sich habe ich es nur wegen dem Alkohol gemacht, Baby, nicht wegen der Frau, also bitte laß dich nicht von mir scheiden, bitte laß dich nicht von mir scheiden.

Ellen hatte ihm die Geschichte entweder abgekauft oder wenigstens so getan. Aber am Ende mußte er einwilligen, nicht mehr zu trinken. Und so hatte er sich letztlich selbst um den Alkohol gebracht. Vielleicht war das ganz gut so. Aber ausgerechnet heute wollte er verdammt noch mal etwas trinken. Das Telefon läutete nicht mehr, aber nur, weil er den Stecker herausgezogen hatte. CNN versuchte, ihn zu erreichen. Er befürchtete, als nächstes würden sie Zelte vor dem Haus aufbauen. Die brauchten bestimmt nicht lange, bis sie herausfanden, wo er wohnte.

Doch dies war kein günstiger Zeitpunkt für eine Scheidung. Falls es zu einem Prozeß kam, würden sie ihn womöglich persönlich anklagen. Er brauchte Geld für den Anwalt. Und wenn Ellen sich im Zorn von ihm scheiden ließ, würde sie wahrscheinlich nehmen, was sie kriegen konnte. Das Haus, zum Beispiel.

Mit dem Daumennagel kritzelte er noch etwas mehr auf dem Plastik der Armlehne; er drückte die Umrisse von Augen in das Quadrat.

»Beängstigend«, sagte sie, »wenn man bedenkt, daß wir das Zeug auch in unserem Arzneischränkchen haben. Ich nehme es nicht, aber es ist da drin. Und ich nehme auch die Pille.«

Er strich das gekritzelte Auge mit einem X durch.

Als ob sie in ihrem Alter Antibabypillen bräuchte, dachte er bei sich. Sie war nie fruchtbar gewesen, jedenfalls kaum. Ihre einzige Schwangerschaft endete mit einer Fehlgeburt; ihr Frauenarzt kam zum Ergebnis, daß jede weitere Schwangerschaft ebenso enden würde. Sie nahm die Pille gegen Fehlgeburten, nicht gegen eine Schwangerschaft. Danach hatte sie eine Woche lang vor sich hingemurmelt …

»Ach, hör auf, es gibt keinen Beweis dafür, daß es daran liegt. Daß es unser … du weißt schon. Es muß Tausende Frauen geben, die die Pille nehmen und … das Produkt.«

»Aber die neue Formel ist er seit knapp zwei Wochen auf dem Markt! Und es könnte eine Menge Vorfälle geben, die anderen Gründen zugeschrieben werden …«

Hank schnaubte. Sie mochte diese Art von trockenen Phrasen: *anderen Gründen zugeschrieben.* Besonders seit sie Philosophievorlesungen hörte. Vorlesungen für gelangweilte Hausfrauen, so sollte man sie nennen.

»Und dann«, fuhr sie fort und winkte mit ihrem Krug, »haben, soweit ich weiß, alle Menschen eine unterschiedliche Schwelle, inwieweit ein Medikament ihre Hirnchemie beeinflußt, und die Wirkung kann durch ein drittes oder viertes Medikament noch verstärkt werden – ich meine, wir nehmen Ibuprofen und Kaffee, Koffein ist auch eine Droge …«

Er verzog das Gesicht, als sie Kaffee erwähnte, stand etwas zu abrupt auf und drehte die Steaks um; sie waren noch nicht gar genug, aber er wollte sich von ihren Worten ablenken.

Aber sie fuhr unbarmherzig fort. »… und war da nicht etwas von wegen Xanton und Kaffee? Hank?«

»Ich sagte doch – ich will nicht darüber reden. Nein, da gibt es nichts.«

Aber natürlich gab es etwas. Kaffee war der dritte Faktor, der »Joker-Auslöser«, hatte Cavanaugh es genannt.

»Ich meine, wir haben die vielen pharmazeutischen Rückstände im Wasser –«

»Oh, jetzt fang nicht noch damit an ... Scheiße, ich hab mich hier verbrannt ...«

»Das mit dem Wasser stimmt! In den Wasservorräten finden sich überall Spuren von Antibiotika und Chemotherapiemitteln und Herzmitteln und Blutdrucktabletten, weil die Leute das beim Pinkeln ausscheiden und es so in den Wasserkreislauf zurückgerät ... niemand weiß, was das in einem bewirkt ...«

»Das sind Milliardstel Teile, das ist so unbedeutend ...«

»... und stell dir nur vor, CNN findet etwas über dieses Nierenmedikament heraus, das ihr aus gestohlenen Babynieren aus Kolumbien und solchen Ländern herstellt ...«

Er fuhr wütend zu ihr herum und zeigte mit der vor Fett triefenden Aluminiumgabel auf sie. »Fang nicht wieder damit an! Es ist sowieso Blödsinn.«

Ihre Augen waren hinter der Sonnenbrille verborgen und sie versuchte, den Mund unter Kontrolle zu halten, aber er konnte das Grinsen trotzdem sehen.

»Du genießt das, Ellen! Wieso haßt du mich so sehr, daß es dir Spaß macht, mir das immer wieder vorzuhalten –«

»Ich versuche nur, die Situation zu verstehen, Hank!« Sie breitete unschuldig die Arme aus. »Um Gottes willen, das betrifft mich doch auch! Angenommen, CNN treibt mich im Supermarkt in die Enge ... Angenommen, sie kommen und klopfen an unsere Tür, Hank? Was soll ich dann sagen?«

»Kein Kommentar, natürlich!«

»Aber dann sehen wir ... *du* ... schuldig aus! Ich meine, nehmen wir einmal an, jemand sagt: ›Wir haben herausgefunden, daß die Firma, wo Ihr Mann arbeitet – und von der er nebenbei eine Menge Aktien besitzt –, nicht nur dieses stimmungsaufhellende Medikament verkauft, das vielleicht, Sie wissen schon, dieses Problem verursacht –‹«

»Scheiße, würdest du *bitte* nicht hier draußen über das alles reden?«

Aber sie beachtete ihn gar nicht, sondern fuhr unbekümmert fort. »›– sondern obendrein dieses andere Medikament aus den Organen von Babys aus der Dritten Welt, die in den Krankenhäusern von Südamerika »sterben«‹ – ich meine, nehmen wir einmal an die hohe Kindersterblichkeit in den kolumbianischen Elendsvierteln ist die Ausrede, die die Krankenhäuser vorschützen, aber vielleicht helfen die Ärzte ja bei dieser ›Kindersterblichkeit‹ nach –«

»Herrgott, woher hast du denn diesen paranoiden Mist?«

»Online. Ich habe nach investigativen Untersuchungen über Pharmaziekonzerne gesucht. Es gab einige Ermittlungen durch das FBI. Aber vor rund einem Jahr wurde alles fallengelassen. Der Typ online deutete an, daß jemand bei der Gesundheitsbehörde geschmiert worden ist ...«

Vier Millionen Dollar in Aktien, dachte er. Aber laut sagte er: »Erstklassiger paranoider Bockmist.«

»Aber du gibst zu, daß sie Babynieren kaufen, und zwar verdammt viele, eine merkwürdig große Zahl, von toten Babys, und aus denen extrahieren sie etwas, woraus sie das Medikament herstellen ... Dieser lokale ABC-Nachrichtensender in San Francisco hat darüber berichtet, als Anfang '99 ...«

»Das ist nicht illegal, Ellen. Die Babys sterben von allein. Das gewonnene Medikament rettet andernorts Leben.«

»... U-u-unnnd es gab *natürlich* viel darüber, wie ihr die Preise für die Rezepte der Alten in die Höhe treibt, wann immer ihr damit durchkommt; wie ihr Forschungen betreibt, damit Männer bessere Ständer und keine Glatze bekommen ... aber vollkommen *mißachtet,* daß der Rest der Welt Mittel gegen Schlafkrankheit, Enzephalitis und so braucht – Aber das alles ist ja bekannt, jeder hat sich nur daran gewöhnt ... ich meine, du weißt schon, in der Industrie ist das doch an der ›Tagesordnung‹, richtig? Ihr

Jungs ruft manchmal zum Blutspenden auf, wir alle spenden Blut, und danach soll es so aussehen, als ob ihr die Guten seid, dabei macht ihr ständig –«

»Woher kommt diese Scheinheiligkeit?« unterbrach er sie aufrichtig staunend. »Das alles kursiert schon lange da draußen – bevor wir dieses Haus gekauft haben. Da hast du nicht gesagt: ›Oh, ich kann kein Haus mit diesem Blutgeld kaufen‹, Ellen.«

»Es gibt Sachen, mit denen kann ich leben, und es gibt Sachen, mit denen kann ich nicht so gut leben, Hank. Ich muß wenigstens etwas dazu *sagen* –«

»Oh, ich *verstehe* …« Er strich mit den Zinken der Fleischgabel über den Grill, so daß sie ein wütendes *Tick-tick-tick* von sich gaben. »Es ist okay, den Lohn der pharmazeutischen Industrie einzuheimsen, solange *der Ehemann* den Preis dafür in Form von Genörgel bezahlen muß. Richtig?«

Daraufhin schwieg sie einen Moment. Sie trank noch einen Schluck. Das Eis klirrte. »Nein, das ist nicht richtig«, sagte sie schließlich. »Ich weiß nicht, was richtig ist.«

Was genau meinte sie damit? fragte er sich. Er sah sie an. »Glaubst du diesen Quatsch über … die *Babymorde?*«

»Was meinst du damit? Eine Menge pharmazeutische Konzerne geben zu, daß sie Organe aus Drittweltländern kaufen und für die Herstellung von Medikamenten verwenden. Das ist kein Geheimnis mehr. Es gibt eines, damit Herzen wieder schlagen, es gibt –«

Er bohrte die Gabel in die Steaks und drehte sie linkisch um. Das Fett zischte und spie winzige brennende Tropfen; er sprang zurück und fluchte verhalten. »Scheiße … ja, aber dieser Unsinn, daß den Eltern nichts davon gesagt wird und gewissenlose Ärzte den Babys beim Sterben ›nachhelfen‹ … Wenn das wirklich wahr wäre – man könnte nicht alle Leute bestechen, um so etwas zu vertuschen, jedenfalls nicht lange … ich meine, komm schon, Ellen, laß jetzt gut sein.«

Aber es machte ihr zuviel Spaß. »… und da unten sterben nicht nur zu viele Babys ganz bequem, ihre Organe können auch mit

Hepatitis infiziert sein, die dort grassiert … was bedeutet, das Medikament ist auch verseucht – und damit werden wiederum amerikanische Patienten angesteckt. Weißt du, das ist, das ist Standardmaterial über pharmazeutische Konzerne in Amerika. Und jetzt dieses Xanton … Was?«

Die letzten Worte sagte sie zu seinem Rücken, als er die Gabel wegwarf und ins Haus lief. »Das reicht. Genug gehetzt. Ich habe dir gesagt, du sollst nicht mehr davon sprechen. *Du* kannst die Steaks grillen, wenn du sie magst …«

»He, Hank, ich versuche doch nur, uns auf die Belagerung durch die Medien vorzubereiten, mit der wir künftig leben müssen, nur weil du und Eckman entschieden habt …«

Aber er war schon ins Haus gegangen und hatte die Schiebetür hinter sich zugezogen.

Und dann bedauerte er es. Denn er hatte Hunger, und da draußen verkohlten die Steaks.

Hank ging in der Küche auf und ab und war von so einem rasenden Wechselbad der Gefühle erfüllt, daß er eines kaum identifizieren konnte, bevor es dem nächsten wich. Er betrachtete Wodka und Mixer auf dem kleinen Tablett am Ende des Frühstückstischs. Er sah weg. Er roch das verkohlende Steak. Ellen kam nicht zu ihm herein. Sein Magen knurrte.

Scheiß drauf, dachte er sich, ich hau ab.

Er hatte eine gute Ausrede, um zu gehen: sie quälte ihn mit diesem heuchlerischen Betroffenheitsgetue. Als nächstes würde sie ansprechen, wie die süßen kleinen *Hundewelpen* mißhandelt wurden, nur weil die Labors der Pharmaforschung »Hundefänger« bezahlten, damit sie den Leuten die Hunde aus den Gärten stahlen …

Was immerhin nicht ganz unwahr ist, dachte er und verzog das Gesicht.

Herrgott. Sie setzte ihm wirklich zu.

Er ging zur Eingangstür. Er blieb stehen. Vielleicht sollte er sich doch lieber um eine gute Ausrede bemühen.

Er ging zur Verandatür zurück. Sie lag immer noch auf der Liege, einen Knöchel über den anderen geschlagen, hielt das Glas in der Hand und wippte mit einem Fuß rastlos in der Luft. Sie sah zu, wie die Steaks verkohlten, einem Kind gleich, das mit ansieht, wie ein Lagerfeuer prasselt.

Er machte die Tür wenige Zentimeter auf. »Ellen? Ich habe eben Tod angerufen. Er möchte, daß ich an einer Krisensitzung mit unseren Anwälten teilnehme.«

»Um eure Aussagen aufeinander abzustimmen? Sehr klug.«

Er holte tief Luft, damit er sie nicht anbrüllte. »Jedenfalls mache ich das. Vielleicht hol ich was zu essen für die Sitzung. Wenn du diese verkohlten Dreißig-Dollar-Steaks nicht magst, im Gefrierfach ist noch ein Fertiggericht.«

Er machte hastig die Tür zu, damit er ihre Antwort nicht hören mußte, und ging eine Hose anziehen.

Er mußte Tod Eckman per Handy anrufen und dafür sorgen, daß der nicht hier anrief und seine Ausrede auffliegen ließ.

Er konnte sich auf jeden Fall darauf verlassen, daß Eckman die Ehefrau für ihn belügen würde.

Caris schien nicht besonders überrascht zu sein, Hank zu sehen.

»Möchtest du mich nicht reinbitten, Caris?«

Sie sah ihn einen Moment mit ein wenig schief verzogenem Mund an, als müßte sie darüber nachdenken, aber wahrscheinlich konnte sie gar nicht nein sagen.

Er konnte Marihuanarauch aus dem Zimmer hinter ihr herauswehen riechen. Wenn sie nicht schon einen Mann da drin hatte, verhieß der Rauch nur Gutes, denn er konnte bedeuten, daß sie sich sexy fühlte.

Er fragte sich, ob ihr Mann Hasch mit ihr rauchte. Nein, richtig, machte er nicht. Sie verheimlichte es ihm. Er hieß es nicht gut. Aber sie machte meistens sowieso, was sie wollte; Männe hielt sich meist nicht in der Stadt auf, sondern flog im Auftrag irgendeiner Managament-Consultingfirma durch die Lande.

»Na klar, komm doch rein, als müßte ich jetzt in Jubel ausbrechen«, sagte sie und zuckte die Schultern, um ihre Gleichgültigkeit zu unterstreichen. Sie hatte ein kleines Muttermal auf der Schulter, und jedesmal, wenn sie das machte, schien es, als würde ihm dieses Muttermal zublinzeln, ihn locken. Auf der anderen Schulter befand sich der tätowierte Kolibri – der jetzt aufreizend von ihm wegflatterte, ins Haus.

Er folgte ihr und richtete den Blick auf ihren Hintern, als sie ins Wohnzimmer zurückkehrte. Sie war barfuß und trug eines dieser Kleider, das er stets mit den Tropen in Verbindung brachte, ein glatter Stoff in hellen Rot- und Blautönen; schulterfrei, unter den Armen gerafft, über den Brüsten straff gespannt, an den Hüften eng, wo es sich teilte und den größten Teil ihres braungebrannten Beins zeigte. Er war nicht sicher, aber höchstwahrscheinlich: kein Höschen.

Sein Schwanz wurde steif, als er sich vorstellte, daß sie kein Höschen unter dem Kleid trug. »Dir fehlt nur eine tropische Blüte am Ohr, meine kleine Wanalea«, sagte er.

»Wie niedlich. Rauchst du mit?«

Sie meinte keinen Tabak. *Drauf geschissen.* »Ja. Oh – aber mein Auto. Während du mir eine Tüte baust ... muß ich mein Auto verschwinden lassen ... ich meine, ich mache keine Annäherungsversuche ...«

»Das ist gut«, sagte sie, setzte sich auf das gepolsterte Rattansofa und griff nach einem kleinen Holztablett mit Knospen. Das Bild eines Kolibris zierte das Tablett. »Wenn ich bedenke, daß ich als letztes von dir gehört habe, du willst mich nicht wiedersehen, weil ich, was, deine Ehe zerstöre?«

»Ich habe dir nie die Schuld für die Probleme in meiner Ehe gegeben, Caris. Und es tut mir alles so leid. Ich schau hier nur mal vorbei. Wir müssen nichts *machen.* Natürlich! Ich brauche ... nur jemanden, mit dem ich reden kann. Aber wenn meine Alte das Auto in der Einfahrt sieht ... wenn sie ausgeht ... ich meine, du wohnst nur zwei Häuserblocks entfernt ...«

»Mein Jetta steht in der Garage und ich will ihn nicht wegfahren. Ich weiß nicht, ob der Lincoln da noch reinpaßt ...«

»Es ist ein mittelgroßer Lincoln. Ich kann ihn hinter deinen stellen. So können sie intim werden. Mein Auto kuschelt sich an deins …«

Darüber mußte sie lachen, ihr kurzes Gänseblöken. »Gut, okay, laß nur die Kühlerfigur deines Autos aus dem Auspuff von meinem draußen.« Sie war schon damit beschäftigt, mit einem Streicholzbriefchen Knospen von Samen zu trennen.

»Bin gleich wieder da.«

Hank kannte den Weg zu ihrer Garage. Er ging den Flur entlang zur Küche und drückte den Knopf neben der Tür zur Garage, um das Garagentor zu öffnen.

Er lief hastig zur Einfahrt und sah die Straße hinauf und hinunter. Er hielt Ausschau nach dem gelben Kabrio seiner Frau, die möglicherweise durch die Gegend fuhr. Kein Kabrio. Supi.

Er stieg in den Lincoln ein und fuhr ihn dicht an Caris' Kleinwagen, so daß die Gummierung seiner Stoßstange den Jetta beim Kontakt ein wenig erbeben ließ. Er machte den Motor aus, ging zur Küchentür, drückte wieder auf den Knopf und trat ein, ehe das Garagentor noch halb geschlossen war. Er beherrschte sich gerade noch und rannte nicht ins Wohnzimmer zurück.

Sie gab ihm den angezündeten und fertigen Joint, als er eintrat; sie strich dicht an ihm vorbei, ging zur Stereoanlage, drückte *Play* und eine Wahltaste. Der CD-Player surrte und klickte, dann sang Bob Marley von *jammin'* und die Atmosphäre in dem Zimmer schien sich zu verändern; als würde der ganze Raum unmerklich von einer Seite zur anderen schwanken. Dieser Eindruck wurde noch stärker, als er hustend einen langen Zug an der Tüte nahm.

Hank setzte sich auf das Sofa, während sie in die Küche ging, um ein paar Snacks zu richten, und stellte fest, daß ihm etwas in den Rücken piekste. Er sah nach und fand einen kleinen messingfarbenen Vibrator, der (ein typischer Gedanke, wenn man high war) wie das Space Shuttle ohne Tragflächen geformt war.

»Wusch, wir starten«, murmelte er und ließ den Vibrator in

der Hand ein wenig herumfliegen. Dann hörte er sie zurückkehren und steckte ihn hastig wieder unter das Kissen, tiefer als vorher.

Das ist toll, dachte er. Sie hat sich zugedröhnt und den Vibrator benutzt, als ich gekommen bin. Das nennt man gute Vorarbeit!

Sie trat wieder ein, setzte sich, ihm zugewandt, knapp außerhalb seiner Reichweite hin, legte einen Arm auf die Rattanlehne des Sofas und verschränkte die Beine unter sich. Sie aßen gemischte Nüsse und Chips und tranken Weißwein. »Tut mir leid, daß ich nichts Eleganteres habe, zum Beispiel guten Käse oder einen Antipastiteller oder so, aber ich hab vergessen, einkaufen zu gehen …«

»Machst du Witze, das ist prima. Einfach perfekt. Und der Wein ist gut.« Inzwischen machte er sich keine Gedanken mehr darüber, daß er den Wein trank.

Sie unterhielten sich spöttisch über die Ehepartner und, auf eine behutsame Weise, über seine Arbeit. Sie zog gelegentlich an einer dicken Tüte – zündete sie neu an, rauchte einmal länger, ließ sie ausgehen, zündete sie wieder an. Je röter ihre Augen wurden, desto entspannter und aufreizender sah ihr Gesicht aus.

Auf THC, dachte er, wurden manche Leute verkrampft, nervös, paranoid, mit klopfendem Herzschlag; andere Leute wurden einfach nur verwirrt; und manche betraten eine sinnliche, entspannte Zwischenwelt – so war es bei Caris.

Was bin ich doch für ein gewissenhafter Pharmaprofi, selbst wenn es um Dope geht.

Wie lange würde er noch Pharmaprofi sein? Würde er zurücktreten müssen, damit die Aktionäre ihn nicht verklagten?

»Ich meine«, sagte sie, »ich bin gern unabhängig, und dann denke ich mir, weißt du, wenn ich mit dem Mann verheiratet bleiben will, sollte ich mich ihm vielleicht etwas mehr öffnen – und dann ist mir, als würde ich in der Ehe feststecken –«

Wie eine Ameise im Moos, dachte Hank. Und vom Moos kommt sie nicht los, ohne Moos nix los.

»– vielleicht sollte ich versuchen, eine innigere Beziehung zu ihm aufzubauen, Himmelherrgott, aber er will nicht mit zur Beratung …«

Er verzog das Gesicht. Ellen versuchte oft, ihn zu einer Eheberatung zu schleppen. Auf gar keinen Fall niemals nicht.

Aber weil er immer noch hoffte, daß er Glück haben würde, sagte er: »Er will nicht mit dir zur Beratung? Mann, er sollte mit dir zur Beratung gehen, was kann es schon schaden?«

»Stimmt. Aber er geht nicht mit … und ich reg mich deswegen nicht auf … Und deine Ellen, macht sie dir wegen deinem Job die Hölle heiß? Ist ja nicht so, daß du für die Tabakindustrie arbeitest.«

»He, es ist doch so, daß Topgrade jeden Tag Leben rettet! Wir haben einige der besten Herzmedikamente auf dem Markt! Wir haben ein neues Mittel gegen Hepatitis, wir haben diese Kombotablette zur Unterdrückung von HIV entwickelt, damit die nicht den ganzen Tag Dutzende Pillen schlucken müssen … Aber, ich meine, es ist schließlich auch ein Geschäft …«

»Und sie zieht aus dem netten Haus aus, das du ihr gekauft hast, und verzichtet auf das Geld? Kann ich mir *nicht* vorstellen.«

»Das habe ich auch gesagt! Ich weiß nicht. Die ganze Sache macht mich fix und fertig. Aber weißt du was? Ernsthaft: Wenn ich dich sehe, geht es mir gleich viel besser.«

»So ein Quatsch.« Aber sie lächelte. »Und was genau starrst du an?«

»Deine Lippen. Sie sehen einsam aus. Bezaubernd und einsam. Sehr einsam.«

»Na klar.« Sie rückte ein klein wenig näher zu ihm. »Okay, prima. Ein kleiner Kuß, mehr nicht. Bild dir deswegen ja keine Schwachheiten ein.«

»Ich? Niemals. Ich will nur diese Einsamkeit ein wenig lindern.« Er beugte sich vor und küßte sie; es war, als würde er aus einer kalten Höhle in eine warme tropische Landschaft treten. Er legte ihr den Arm um die Schultern; der Kuß wurde inniger, sie kuschelte sich fester an ihn. Er hörte auf und sah auf ihre Beine, die sie immer noch verschränkt hatte.

»Und was starrst du *jetzt* an, geiler Bock?«

»Die Haltung, in der du sitzt … es wäre nicht leicht, die Hände unter dieses Kleid zu bekommen … ich müßte mich wirklich verbiegen.«

»Du Tier. Na gut. Und wenn ich mich so hinsetzen würde?«

Sie lehnte sich auf die Kissen zurück und spreizte die Beine mit einem angewinkelten Knie, fast schon die Parodie einer Schlampe. Jetzt konnte er unter dem roten und blauen Kleid ihre feuchten Schamlippen sehen, ein hübscher rosa Kontrast zu ihren braunen Beinen. Wärme stieg in ihm empor und drückte seinen Schwanz schmerzhaft gegen den hochgezogenen Reißverschluß; die Wärme wurde zu einem Verlangen in seinen Händen, seinen Lippen. Er streckte die Arme nach ihr aus und murmelte:

»Das könnte gehen. Ja, ich denke … so …«

Ein hohles Ticktack-Geräusch.

Hank lauschte der Küchenuhr von Caris am anderen Ende des Flurs. Caris selbst schnarchte leise auf dem Bett – sie hatten sich ziemlich schnell ins Schlafzimmer verzogen –, er selbst lag neben ihr, sie waren beide nackt und ihre Körper kühlten auf den zerwühlten Bettlaken ab; obwohl er die Uhr nicht sehen konnte, erinnerte er sich daran, stellte sie sich vor …

Eine dieser Katzenuhren, deren Pendel der Schwanz der Katze war und die bei jedem Tick und bei jedem Tack die Augen hin und her bewegte, Schwanz und Augen bewegten sich jeweils im Einklang von einer Seite zur anderen: tick-tack … tick-tack … Und zu jeder vollen Stunde sagte die Uhr: »Miau.« Eine Zeichentrickkatze, die zusah, wie die Zeit verrann …

Er sah auf die nackte, braungebrannte Caris mit den schwarzen Locken an den Oberschenkeln hinab, den breiten braunen Brustwarzen … die hübsch gebräunten Beine … Sie unterschied sich körperlich so sehr von Ellen – anders, nicht besser, aber der Kontrast machte ihn so heiß. Er spürte, wie sich sein Schwanz an ihm regte; er wurde nicht steif, sondern bewegte sich einfach nur etwas … tick-tack, miau …

Er überlegte sich, ob er noch einmal mit Caris schlafen sollte, sie ließ sich gern mit Sex aufwecken – aber Müdigkeit bauschte sich in ihm auf wie Tinte in Wasser. Dieser tintenblaue Ort auf dem Grund seines Pools … Aber diesmal war die Dunkelheit nur Schlaf, und der Schlaf war willkommen …

»Ihr beiden gebt echt ein hübsches Bild ab.«

Er träumte von Ellen. Was für ein Abtörner. Wach schnellstens auf. Träum von etwas anderem.

»Du hast mich doch gehört, Hank, oder nicht? Ich glaube, du hast mich gehört.«

Er schüttelte sich und richtete sich auf – und Ellen stand immer noch dort in der Tür, lehnte mit verschränkten Armen wachsam an der Tür und betrachtete sie beide nackt auf dem Bettlaken. Caris schnarchte immer noch leise und selbstvergessen.

Er sah fassungslos hin und versuchte zu verarbeiten, daß Ellen wirklich hier, an der Tür von Caris' Schlafzimmer stand.

»Dein Auto, Hank«, sagte Ellen nervtötend beiläufig. »Es paßte nicht ganz in die Garage. Ich nehme an, das Garagentor ist auf dem Auspuff aufgesetzt. Also ging das Tor wieder hoch. Das ist jedenfalls meine Theorie. Denn dein Auto steht da in der offenen Garage, wo jeder es sehen kann. Und normalerweise vertuschst du besser.«

Dann griff sie in ihre Handtasche …

… Oh, Scheiße, sie hat eine Waffe, dachte Hank …

… brachte eine Polaroidkamera zum Vorschein und machte ein Foto.

Blitz. Und das Polaroidfoto, das sich langsam entwickelte, kam aus der Kamera.

»Für eine gute Einigung im Falle einer Scheidung kommt so etwas gut zupaß, findest du nicht auch … Hank?«

Ellen ging den Flur entlang weg … als Caris gerade erwachte, blinzelte, noch nicht ganz da war und ein Geräusch wie ein blökendes Schaf von sich gab.

Dann hob sie den Kopf. »Wer, zum Teufel is'n das … isses mein Mann? Hank, wer isses, wer is'n da?«

»Eckman … *Was?*«

Hank stand in seinem Arbeitszimmer und redete zur Freisprechanlage. Er sah durch das Fenster auf den Pool hinaus. Er hatte den Anrufbeantworter abgehört, um festzustellen, ob Ellen angerufen hatte. Sie war zu ihrer besten Freundin Cecily gegangen.

Er brauchte Ellen hier, damit er die ganze verdammte Sache wieder abziehen konnte: die Entschuldigungen, die Lügen, die Ausflüchte, alles. Er konnte es sich momentan nicht leisten, sie zum Feind zu haben, da die Verwandten des Burschen, dem seine Frau auf Xanton den Schädel eingeschlagen hatte, schon Klage eingereicht hatten – unmittelbar vor Eckmans Nachricht war eine entsprechende Ansage der Kanzlei, die Topgrade vertrat, auf dem Anrufbeantworter.

Keine Nachrichten von Ellen. Aber eine von Tod Pißkopf Eckman.

»Was soll das heißen, ›Eckman was?‹« fauchte Tod mit durch den Lautsprecher verzerrter Stimme. »Sie hören sich an, als wäre ich ein Assistent, der Sie um zwei Uhr morgens oder so geweckt hat. Sie sind mein Angestellter, Hank, okay? Ich habe angerufen, weil wir *klar Schiff machen müssen.* Zunächst einmal müssen wir dafür sorgen, daß unser Papierkram aufgeräumt wird.«

»Was meinen Sie damit, aufgeräumt … äh, aufgeräumt wird?« Es fiel ihm so schwer, zu denken. Das Gefühl, high zu sein, war verflogen; zurück blieb nur die Leere des Dope; und alles sah leicht unwirklich aus. Die Topfpflanze in der Ecke wirkte wie das gute Gemälde einer Topfpflanze. Aber es war kein Gemälde. Es war eine Topfpflanze.

»Denken Sie gefälligst nach, Hank – ich will nicht … ich meine, hier, am Telefon … Sie wissen schon, es könnte falsch interpretiert werden, wenn jemand .. «

»Kommen Sie zur Sache, Tod, niemand zapft unsere Telefone an. Es ist viel zu früh für irgendeine Art von … keine Ahnung, Regierungsaktion wie diese. Rücken Sie einfach damit raus, was immer Sie sagen möchten.« Er versuchte, Eckmans Pläne zu erraten. »Sie möchten alles schreddern, das geschreddert werden kann, richtig? Alles, das beweist, daß wir diese Forschungsergebnisse zusammengeschustert haben? So etwas habe ich weder hier noch in meinem Büro. Sie müssen nur eines machen, sich mit der Buchhaltung absprechen – ich meine, die Abfindung für Cavanaugh …«

»Hank –«

»Und beseitigen Sie alle … oh, Scheiße, man könnte E-Mails finden … alles Mögliche auf Festplatten … wir müssen schlicht und einfach alles in elektronischer Form löschen, das auch nur im entferntesten relevant sein könnte … Disks, alles.«

Eckman gab ein Grunzen der Verzweiflung von sich. »Hank, kommen Sie einfach in das verfluchte Büro. Ich möchte das *persönlich* besprechen …? Klar?«

Klick, dann das Freizeichen.

»Gut, leg ruhig einfach auf, Arschloch«, murmelte Hank und drückte die Aus-Taste der Freisprechanlage. Er drehte sich um – und sah Ellen, die ihn fassungslos erstaunt ansah. »Du stehst ja schon wieder an einer Tür und starrst mich an. Diesmal ohne Kamera?«

Aber noch während er es sagte, dachte er: *Dumm, Hank, dumm. So fängt man keine Friedensverhandlungen an.*

Sie schüttelte den Kopf und kicherte. »Diesmal hätte ich ein Tonbandgerät haben sollen.«

Er spürte, wie ihn ein kalter Schauer überlief. »Tonbandgerät?«

»Ihr Jungs vertuscht etwas. Das habe ich eben gehört. Was bedeutet, daß ihr eindeutig und unwiderlegbar gewußt habt, daß Xanton wirklich gefährlich ist. Wie die damals gewußt haben, daß Phen-fen gefährlich ist.«

»Xanton ist nur gefährlich, wenn es zusammen mit Koffein oder Antibabypillen genommen wird – es gibt Warnhinweise –«

»Na klar, als gäbe es eine Warnung: ›Kann dazu führen, daß deine Frau dein Gehirn auf dem ganzen Küchenboden verteilt.‹ Aber drauf gepfiffen – man kann schließlich Geld damit verdienen, nicht?«

»Du hast es nie abgelehnt.«

»Das sagst du immer wieder, und du hast recht.« Sie versuchte, nicht zu weinen, als sie das sagte. »Und, Hankie, ich werde dir soviel davon wegnehmen, wie ich kann. Und dann kannst du zu Caris ziehen – und ihrem Mann. Das dürfte interessant werden. In diesem Haus hier wirst du todsicher nicht wohnen. Und danach werde ich in meinem ganzen Leben nie wieder Geld von jemandem annehmen, für den ich mich schäme. Okay? Jetzt aber, Hank, werde ich meinen Beitrag leisten und ... und richtig handeln – du und dieses Arschloch Tod, ihr habt mir eben gerade gezeigt, wie ich das kann. Und, Hank? Du solltest lieber duschen und dir diesen Geruch von Marihuana und Möse abwaschen, bevor du persönlich mit den Ermittlern sprechen mußt. Die haben schon angerufen. Sie möchten dich sprechen.«

Sie wandte sich ab und stöckelte den Flur hinunter zum Schlafzimmer.

Er folgte ihr. »He, schön langsam! Wer genau hat angerufen?«

Sie antwortete ohne sich umzudrehen oder langsamer zu machen. »Jemand aus dem Büro des Generalbundesanwalts hat angerufen. Du mußt eine Art Erklärung oder so etwas wegen Xanton abgeben. Und glaub nicht, daß ich nicht dabei wäre.«

Sie schlug ihm die Schlafzimmertür vor der Nase zu. Er zögerte vor der Tür und rief hindurch.

»Was willst du damit sagen, Ellen, daß du aussagen wirst, was du mich gerade zu Tod sagen gehört hast? Soweit würdest du gehen? Mir in den Rücken fallen?«

Ihre Stimme ertönte dünn auf der anderen Seite der Tür – und der gegenüberliegenden Seite des Schlafzimmers. Er vermutete, daß sie sich im begehbaren Wandschrank aufhielt. Sie packte bereits. »Habt ihr einen schönen *Fick* gehabt, du und Caris, Hank? Ich hoffe, du hast ihn *genossen*. Er kommt dich nämlich teuer zu stehen.«

Er holte tief Luft. *Tritt die Tür nicht ein, schrei sie nicht an. Bleib ruhig. Du kannst sie immer noch davon abbringen, eine Aussage zu machen.*

»Hör zu – Liebling? Kannst du mich hören? Denk bitte daran,

was ich hier durchgemacht habe. CNN, Anrufe von den Behörden, meine ganze berufliche Laufbahn ist vermutlich im Eimer – und dann heizt du mir noch wegen den ganzen falschen Entscheidungen ein, die wir bei Topgrade getroffen haben …«

Sie erschreckte ihn, indem sie plötzlich die Tür aufriß. Und sie sah ihn mit der raubtierhaften Ruhe einer Katze an. Tick-tack, miau. »Sag nichts, Hank, laß mich raten. Als nächstes kommt: ›Oh, ich weiß, wir haben schlimme Entscheidungen getroffen, wir haben falsch gehandelt, du hast ja so recht, Liebling‹, und danach kommt: ›Ellen, ich bin unter dem Druck einfach ausgeflippt und hab Trost bei dieser Frau gesucht … Aber ich werde sie nie wiedersehen, ich will alles richtig machen! Nur sag nicht gegen mich aus, verklag mich nicht, verlaß mich nicht …‹ Kommt das in etwa hin, Hank? Hab ich den Nagel auf den Kopf getroffen?«

Es gelang ihm, entrüstet den Kopf zu schütteln, als könnte er nicht glauben, daß sie ihm unterstellte, er würde so etwas sagen. Obwohl sie den Nagel natürlich exakt auf den Kopf getroffen hatte. »Ellen … wenn du nur *warten* würdest. Wir gehen zur Eheberatung. Ich mach *alles,* was du sagst. Aber laß mich nicht im Stich, während mein Schiff untergeht. Bitte! Ich *brauche* dich.«

Er ließ die Tränen fließen. Es waren aufrichtige Tränen, allerdings weinte er um seine berufliche Laufbahn, nicht um seine Ehe.

Ein Ausdruck der Unsicherheit huschte über ihr Gesicht. Vielleicht hatte er sie doch überzeugt. Sie wandte sich ab. Er wartete.

Schließlich antwortete sie mit heiserer Stimme. »Ich komme nicht zu dir zurück, wenn du weiter vorhast, die Öffentlichkeit zu belügen. Du mußt reinen Tisch machen. Auch wenn es bedeutet … na ja … was immer es bedeuten könnte. Ganz gleich, was.«

»Okay. Okay, ich … tue, was ich tun muß. Ich rede mit den Behörden. Ich sage gegen Topgrade aus. Aber … geh noch nicht. Bitte.«

Und die Tränen liefen ihm die Wangen hinab.

Eckman schüttelte den Kopf. »Ich verstehe nicht, was genau Sie von mir wollen, Hank.«

Sie befanden sich im Konferenzraum, dessen Tür fest geschlossen war. Der Rest des Aufsichtsrats von Topgrade war vor zwanzig Minuten gegangen; nur noch Eckman und Hank saßen einander gegenüber, und der stumme, hektische Fernseher stand, wie ein dritter Konferenzteilnehmer, gleich links neben Hank; ein Wirtschaftsbericht von CNN. Sie hatten sich gerade die Kurzmeldung über die Ermittlungen in Sachen Topgrade und Xanton angesehen. Es war schlimmer denn je gewesen. Sie wurden eindeutig als gewissenlose Schurken hingestellt.

»Ellen möchte, daß ich aussage. Daß ich, na ja, singe – andernfalls will *sie* aussagen.«

Eckman sah ihn an. »Die hinterhältige Fotze.«

»He ... nennen Sie meine Frau nicht Fotze. Hinterhältiges Weibsstück reicht auch. Hören Sie mir zu ... ich lasse sie mit dieser Scheiße nicht davonkommen. Ich sagte: ›Sicher, Liebling.‹ Aber – die haut mich in die Pfanne wie ein Spiegelei. Ich will gar nicht in Details gehen. Sie machen sich keine Vorstellung davon, was für einen Mist ich mir anhören mußte.«

»Aber – was wollen Sie mit einer Blutprobe? Das verstehe ich nicht.«

»Hören Sie – unsere Werbeleute haben gesagt, daß diese zunehmenden Amokläufe nichts mit Xanton zu tun haben, richtig? Haben diese Kids in Columbine Xanton genommen? Nein. Wir behaupten, daß vielleicht eine Art allgemeine Neurotoxizität dafür verantwortlich ist. PCBs im Trinkwasser, oder so ...«

»Nein, das gefällt dem Aufsichtsrat nicht – es könnte in einigen Fällen stimmen. Wir würden damit der gesamten Industrie eine Art Mitschuld zuweisen. Wir haben uns dafür entschieden, Streß als Ursache zu nennen – allgemeinen Streß in einer komplexen Gesellschaft, verbunden mit dem Streß einer vermutlich in Auflösung befindlichen Ehe –«

»Noch besser, Tod. Es könnte doch sein, daß jemand, der unserer Firma nahesteht, ebenfalls so einen ... einen gewalttätigen

Nervenzusammenbruch erlebt, richtig? Aber *ohne Xanton.* Dann könnte man argumentieren: ›Sehen Sie, wir haben es mit einer ähnlichen Tragödie zu tun. Und man kann sie nicht auf unser Medikament zurückführen.‹«

»Aber wie wollen Sie …?«

»Letzte Woche haben wir alle Blut gespendet. Angestellte und ihre Familien. Richtig? Das Blut steht noch zum Abtransport bereit in unseren Labors, oder nicht, Tod?«

»Das wird jetzt jeden Tag verschickt. Heute morgen hatten wir endlich alles zusammen.«

»Und es ist mit Namensschildern versehen, wegen den Blutgruppen und so – gibt es eine Möglichkeit, festzustellen, welches ihres ist?«

»Welches wessen ist? Oh! *Ellens* Blut? Ich denke ja, ich glaube, es waren …«

»Gut, dann machen Sie es, beschaffen Sie etwas von ihrem Blut. Ohne Xanton darin. Sie nimmt nie Xanton.«

Eckman sah aufrichtig erstaunt drein. »Hank … Sie wollen doch nicht ernsthaft … Puh.« Er schüttelte bewundernd den Kopf. »Wenn Sie auf die harte Tour spielen, Mann …«

»Entweder so, oder unsere Ärsche stehen auf dem Spiel. Und hören Sie, falls jemand fragt, haben Sie kürzlich gehört, wie sie mein Leben bedrohte …«

Hank stand am Küchentisch und durchsuchte die Handtasche seiner Frau. Er fand die Scheibe des Dispensers der Antibabypillen. Auf dem aktuellen Stand. Sie nahm die Pillen tatsächlich. Nicht, daß sie sie brauchen würde. Als ob sie für ihn die Beine breit machen würde, nachdem sie ihn mit Caris im Bett erwischt hatte.

Er ließ den Antibabypillendispenser wieder in die Handtasche fallen und ging nach dem Kaffee sehen. Fast durchgelaufen. Er sah zum Fenster hinaus, in die dunstige Ferne jenseits der Bäume, und überlegte.

Er hatte seine Vorarbeit geleistet. Montagmorgen hatte er sich krank gemeldet und dann seiner Sekretärin zugemurmelt, daß eigentlich gar nicht er krank wäre, sondern seine Frau ausflippte wegen dem Streß der Ermittlungen, dem desolaten Zustand ihrer Ehe …

Dann verstummte er, als wäre ihm eben bewußt geworden, daß er ein wenig zu persönlich geworden wurde, aber so besorgt war, daß es ihm eben einfach herausrutschte. »Jedenfalls … denke ich, ich sollte besser bei ihr zu Hause bleiben.«

Die Kaffeemaschine piepste einmal. Hank nahm den nächsten Schritt in Angriff, sah zum Fenster hinaus und nahm diesmal tatsächlich etwas wahr. Es herrschte Windstille; da draußen war es so still, daß die Palmen der Nachbarn die Wedel resigniert vor dem stahlblauen Himmel herabhängen ließen. Es war ein sonniger Morgen, der versprach in für das Tal von San Fernando typische Gluthitze überzugehen.

Er schüttelte sich. Komm zur Sache, Hank.

Er ging zum Küchenschrank, holte ihre Lieblingstasse heraus, den Groucho-Marx-Becher, und nahm fünf Tabletten aus der Hemdentasche. Er ließ die Xanton in die Tasse fallen, schüttete den Kaffee darüber und streute Zucker hinein. Er hatte den Kaffee extra stark gemacht. Die Tabletten waren so entwickelt worden, daß sie unter der Zunge schmolzen; sie würden sich in dem Kaffee auflösen. Dann warf er das restliche halbe Dutzend Tabletten zur Sicherheit, falls sie sich Kaffee nachschenkte, in die Kanne.

Dann stand er da und sah ins dampfende Dunkel der Kaffeetasse. Er stand unmittelbar vor dem Punkt, an dem es kein Zurück mehr gab.

War alles fertig?

Die Waffe lag geladen und bereit in der Schublade im Arbeitszimmer. Gut. Ja. Alles war fertig. Koffein, Xanton, Östrogensupplement und sechs Schuß in seinem Fünfundvierziger. Und drei Teelöffel Zucker.

Warum ist mein Mund so trocken?

Koffein, Xanton, Östrogen, Patronen, Blut – vorbereitetes Blut.

Das Blut wartete bereits im Krankenhaus. Ihr Mann in der Notaufnahme, der jetzt zwanzigtausend Dollar reicher war, würde dafür sorgen, daß diese Blutprobe untersucht wurde … danach.

»Bringst du den Kaffee?« rief sie von der Veranda, »oder soll ich ihn holen?«

»Ich bringe ihn!«

»Mir ist das gleich, ich frage mich nur, hast du nicht gesagt, du würdest ihn bringen …«

Er konnte nicht mehr hören, was sie danach leiser sagte. Vielleicht etwas darüber, daß sie letzte Nacht nicht schlafen konnte und jetzt einen Kaffee brauchte.

Er brachte ihr die Tasse.

»Herrje«, sagte sie, »ist der Kaffee süß.« Aber sie trank ihn.

Hank saß im Arbeitszimmer am Schreibtisch und sah die Schublade an. Er wandte sich von der Schublade ab und suchte einen Notizblick. Er beugte sich über den Schreibtisch und kritzelte mit einem Kugelschreiber auf dem obersten Zettel herum. Er kritzelte ein lachendes Gesicht, dann malte er lange Wimpern und eine Fotze wie aus einem Toilettengraffiti darunter. Er knüllte den Zettel zusammen und warf ihn in den Papierkorb. Er sah wieder die Schublade an … und zog sie impulsiv auf. Da lag der vernickelte Revolver auf einem Stapel alter Quittungen, die er vergessen hatte, der Buchhaltung zu geben. Er hob die Waffe hoch, wog sie in der Hand. Das Gewicht des Punktes, ab dem es kein Zurück mehr gab.

Da hörte er sie im Haus herumlaufen. Sie bewegte sich rastlos, manchmal fast im Laufschritt. Aufgeregt. Murmelnd. Die Scheiße wirkte. Er hatte in der Küche einladend Messer herumliegen lassen. Große.

Er hob die Waffe … Aber nein. Er konnte das nicht machen … Er legte die Waffe zurück.

Es wäre besser, wenn er sie nicht selbst erschoß. Das sähe zu sehr aus nach … was? Er würde zu *vorbereitet* aussehen, wenn er sie selbst erschoß.

Er rang sich zu einer Entscheidung durch und rief die Polizei. Er wählte nicht die Notrufnummer. Als wäre er nicht sicher, wie schlimm die Situation war. Wenn er diese Nummer statt 911 anrief, drückte er damit Unsicherheit aus. Damit wirkte alles nicht so geplant.

Sie lief nicht mehr da draußen herum …

Er kritzelte, während er mit der Polizei sprach, mit hastigen, nervösen Handbewegungen: ein Frauenmund, aus dem ein Blitz herauskam.

Er nannte der Telefonistin seinen Namen, den Wohnort, und sagte zögernd: »Vielleicht hätte ich gar nicht anrufen sollen … Aber … Wir hatten eine Menge … eine Menge Probleme in unserem Leben, und der Streß hat vielleicht … also, meine Frau … Ich weiß nicht, wie ich es erklären soll … sie benimmt sich seltsam. Sie …«

»Sir, vielleicht brauchen Sie nicht die Polizei, sondern einen Arzt.«

»Kann sein, aber – sie hat mein Leben bedroht, mit einem Messer herumgefuchtelt … sie steht wirklich unter enormem Streß und …«

»Nimmt sie Medikamente – vielleicht Beruhigungsmittel oder etwas Verschreibungspflichtiges? Vielleicht Diätpillen?«

»Nein, keinerlei Medikamente. Niemals. Vielleicht bräuchte sie Medikamente, aber sie hat, Sie wissen schon, eine fast pathologische Angst davor …« *Nicht zu dick auftragen,* ermahnte er sich. »Jedenfalls, äh – hören Sie, es ist bekannt, daß sie zu Gewalttätigkeit neigt. Ich habe nie Meldung darüber gemacht. Aber manchmal war es schon unheimlich … Könnten Sie gleich jemanden herschicken? Um die Wahrheit zu sagen, ich habe mich hier in meinem Arbeitszimmer eingeschlossen. Ich habe wirklich Angst davor, es zu verlassen. Dieses Messer … ich will einfach kein Risiko eingehen.«

»Wollen Sie damit sagen, daß sie bewaffnet und gefährlich ist?«

»Ich … also …« Er kritzelte große Vampirzähne in den Mund der Frau auf dem Zettel. »Ja. Ich würde sagen, damit haben wir es hier zu tun, ja. Sie ist bewaffnet und ... ich komme langsam zur Überzeugung, sie könnte gefährlich sein.«

Es klickte in der Leitung – er dachte zuerst, die Polizistin hätte aufgelegt. Aber dann hörte er ihre Stimme. »Ich schicke sofort jemanden zu Ihnen rüber, Sir, bitte seien Sie vorsichtig.«

»Danke.« Und er legte auf.

Dann hörte er die leise murmelnde Stimme seiner Frau nicht weit entfernt im Flur. Konnte sie da draußen am mobilen Anschluß sein? Dieses Klicken in der Leitung – hatte sie mitgehört?

Fröstelnd und erschauernd nahm er den Hörer ab und hörte sie sagen: »Ja, mein verrückter Bruder Hankie treibt diese Scherzanrufe mit Polizisten im ganzen Land ... er ist uns gerade besuchen gekommen ... Was? Sie machen Witze! Er hat gesagt, daß ich seine Frau bin? Er ist wirklich ein bißchen krank ...«

Sie hörte sich so vernünftig an.

»Danke, Officer ... ich wollte nur, daß Sie es wissen – ich konnte einen Teil mithören – es ist immer so peinlich ...« Dann legte sie auf.

Er legte an seinem Ende auf und wartete einen Moment ... und rief die Polizei zurück. Und horchte. Nichts. Kein Freizeichen, kein Läuten.

Die Leitung war tot. Sie hatte von draußen angerufen. Sie hatte den Einsatz abgeblasen und dann das Kabel durchgeschnitten ... Und er hatte kein Handy hier drinnen.

Er sah zum Fenster. Das Scheißfenster ließ sich einfach nicht öffnen.

»Hannnnnn-kie!« Mit spöttisch singender Stimme unmittelbar vor der Tür. Sie klopfte einmal dagegen. »Hankie! Mach auhauf! Können wir uns unterhalten, Mr. Großkotz? Können wir uns unterhalten?«

Er stand auf, durchquerte das Zimmer mit zwei entschlossenen Schritten und rückte seinen großen Aktenschrank vor die Tür. »Ja, schieß los!« rief er durch die Tür. »Reden wir! Was gibt es, Schatz?«

Das Pochen an der Tür war viel heftiger, als er erwartet hätte;

jedem folgte ein knirschender Laut. Einen Moment glaubte er, daß sie jemanden bei sich hatte, der ihr half. Aber als eines der Türpaneele splitterte, konnte er sie durch die schmale Öffnung sehen; sie war allein.

Er trat hinter den Schreibtisch und schob ihn gegen den Aktenschrank. Sie hämmerte weiter gegen die Tür. Sie hatte einen Hammer oder so etwas. Aber nur zwei Paneele waren dünn genug, daß sie sie durchhauen konnte, und nach einer Weile wurde ihr klar, daß das Mobiliar und die abgeschlossene Tür sie aufhalten würden.

Würden die Polizisten kommen? fragte er sich. Vielleicht ja; möglicherweise kauften sie ihr die Geschichte vom durchgeknallten Verwandten nicht ab …

»Ohhhh-kay, Hankie!« Und dann stieß sie das große Küchenmesser durch das Türpaneel – es ging tatsächlich ein Stück durch, ein Zentimeter der Stahlspitze.

»Ach du Scheiße«, murmelte er.

Aber das war gut – wenn die Polizisten aufkreuzten, mußten sie sie auf jeden Fall erschießen. Alles lief wie am Schnürchen. Falls sie ihn nicht irgendwie erwischte, bevor sie hier eintrafen.

»HO-kay DO-kay, Hank!« Sie entfernte sich kurz von der Tür und er ging die Waffe aus dem Schreibtisch holen. Sie hatte das Messer aus der Tür gezogen, demnach hatte sie es bei sich. Gut. Wenn sie sahen, was Helen mit der Tür angestellt hatte, und das Messer erblickten, würden sie ihm keinen Vorwurf machen, falls er seine Frau erschießen mußte.

Dann hörte er Schritte vor der Tür, hörte sie murmeln, hörte sie summen und roch … Benzin.

»Weißt du noch, als wir frisch verheiratet waren?« rief sie durch die Tür. *»Wir haben beide Newports geraucht … erinnerst du dich an die vielen Newports? Und du hast mir dieses goldene Feuerzeug geschenkt, weißt du noch? Mit diesem echt hübschen goldenen Feuerzeug zünde ich jetzt das Benzin an, das ich auf deine Tür geschüttet habe, Hankie! Ist das sentimental oder WAS?«*

Hank zerrte die Möbelstücke bereits von der Tür weg.

»Oh, ich weiß, Hankie … ich weiß, daß du versucht hast, mich reinzureiten! Ich verbrenne dich weil du mein Leben ruiniert hast, und für die vielen Leute, deren Leben deine geldgeile Firma ruiniert hat, Hank! Du elender SCHLAPPSCHWANZ.«

Er spürte Hitze und roch Rauch, bevor er die Flammen sah; dann wurde das Braun der Türpaneele dunkler, sie verkohlten, Rauch quoll unter der Tür durch. Rauchmelder gingen los, als würde das Haus selbst Todesangst empfinden.

Er schob den Aktenschrank von der Tür weg, spannte den Hahn, legte die Hand auf den Türknauf – und zog sie blitzschnell verbrannt zurück. Der Knauf war schon überraschend heiß geworden.

Hustend suchte er nach etwas, womit er den Knauf drehen konnte. Aber sie würde da draußen mit dem Messer warten, selbst wenn es ihm gelang, an dem Feuer vorbeizulaufen.

»Geh von der Tür weg, Ellen!« rief er hustend durch den immer dichteren Rauch.

»LECK MICH, Süßer!«

Er gab einen Schuß durch die Tür ab. »Ich sagte, geh weg!«

»Ich schlag dir mit dieser Waffe das Gesicht ein, HANKIEEEEE!«

Dann ein Aufruf von anderer Stelle im Haus; herrische, befehlsgewohnte Stimmen. Ein zischendes Geräusch – er sah Funken durch die Löcher in der Tür, hinter den Flammen, und Ellen nach einem Draht schlagen … ein Taser!

Die Polizisten waren hier – und jemand sprühte mit einem Feuerlöscher auf die Tür. Hank ging zum Fenster, schlug mit dem Kolben der Waffe eine Glasscheibe ein und legte die Waffe wieder in den Schreibtisch. Er wartete am Fenster, hustete ab und zu und atmete die frische Luft ein, die hereingeweht wurde, bis sie die Tür für ihn freigemacht hatten. Der Qualm in dem Zimmer war dichter als er gemerkt hatte.

Als ersten Beamten sah er einen großen farbigen Polizisten in der Uniform eines Streifenpostens. »Alles in Ordnung, Sir?« fragte der Polizist aufrichtig besorgt.

Scheißpech – in letzter Zeit hatte es zu viele fragwürdige Schießereien seitens der Polizei gegeben – die Polizisten zögerten, von den Schußwaffen Gebrauch zu machen. Statt dessen hatten sie sie mit einem Taser aus dem Verkehr gezogen.

Ellen lebte noch.

Aber, überlegte er sich, während er vom Krankenwagen zum Haus zurückging, es könnte trotzdem noch klappen. Sein geschmierter Kontaktmann im Krankenhaus würde dennoch die spezielle Xanton-freie Blutprobe für ihren Bluttest nehmen. Es würde so aussehen, als wäre sie grundlos in mordlüsterne Raserei verfallen. Sie hatte die Polizisten angegriffen und mit dem Messer nach einem gestochen – dem großen Farbigen, der ihr Handgelenk gepackt und ihr den Arm herumgedreht hatte, um sie zu entwaffnen. Sie hatte praktisch Schaum vor dem Mund gehabt.

Also konnte er sie wegsperren lassen – und keiner würde eine Irre aussagen lassen. Das Haus hatte nicht einmal erhebliche Schäden davongetragen. Er würde einen guten Preis dafür bekommen.

Er betrat das Haus und fühlte sich, wenn er über alles nachdachte, recht entspannt.

Es hielten sich immer noch zwei Polizistinnen in dem Haus auf und füllten Berichte oder Formulare oder so etwas aus. Das eine oder andere würde er unterschreiben müssen.

Er fand sie in der Küche. Zwei Polizistinnen. Dann fiel es ihm wieder ein; die ganze Zeit hatte er gar nicht mehr daran gedacht. Er hatte es im Hintergrund gehört.

»Ich glaube, er hat den Kaffee für uns gemacht … außerdem bin ich sicher, er hätte nichts dagegen …«

Die Kaffeekanne war halb leer. Er sah zwei Tassen mit Lippenstift daran.

Wie groß stand die Chance, daß sie beide die Antibabypille nahmen?

Aber als sie sich umdrehten und ihn ansahen … Da wußte er es.

Er sah es in ihren Gesichtern, den leuchtenden Augen. Er

mußte nicht einmal erst die große Rothaarige zu ihrer Filipino-Kollegin sagen hören: »Du weißt natürlich, daß er sie dazu getrieben hat, nicht? Zeigen wir es dem Dreckskerl mit den Schlagstöcken.«

»Ja. Mit den Schlagstöcken. Das dauert länger …«

Natürlich versuchte er wegzulaufen, aber er kam keine drei Schritte weit.

Siehst du? fragte H [eine Glyphe, die uneingeschränktes Glück bedeutet]. Ich mußte gar nicht eingreifen!

Aber, wandte Z ein, irgendwie spüre ich, daß du den Keim für diese Ereignisse gelegt hast.

Mit diesen Worten schwebte Z durch die Küchendecke, weg von dem blutigen, knochenbrecherischen Gemetzel, weg von den Schreien des Mannes.

Z fuhr fort. Ich sehe feine Schatten, Nachhall deiner Glyphen, die darauf hindeuten.

Sicher, gab H zu und folgte Z widerstrebend, bis sie beide über dem Haus schwebten.

Aus einer Laune heraus stieß Z in den Swimmingpool hinab. Auf der Oberfläche bildete sich nicht die kleinste Welle. H folgte ihm; ihre Unterhaltung fand jetzt in blauem Wasser und einem schwankenden Gitter gebrochenen Sonnenlichts statt. Z fand die Umgebung beruhigend.

Wie hast du es gemacht? fragte Z.

Ich erforsche ihre Wissenschaft schon geraume Zeit; ihre Chemie, ihre Mikrobiologie, ihre Arbeit mit der Atomstruktur … mir ist aufgefallen, wie sehr sie dazu neigen, ihrem Stoffwechsel neue, verhaltensverändernde Chemikalien zuzuführen, ohne gründlich darüber nachzudenken; und ich schlug ihren Forschern bestimmte Formeln vor – die [natürlich] glaubten, es wären ihre eigenen Formeln – Formeln führen meist zu bestimmten Ergebnissen … ich behielt mögliche Kandidaten im Auge …

Z war aufrichtig überrascht.

Aber, sagte Z, unser Volk benutzt derlei Künste seit mehr als [eine Million fünfhunderttausend Jahre] nicht mehr. Wir benötigen keine …

Für uns selbst nicht; aber wenn man mit diesen Kreaturen spielt, um gewisse Wirkungen zu erzeugen … können diese Künste nützlich sein. Ich habe eine ganze Anzahl Menschen manipuliert – das erfordert den uneingeschränkten geistigen Überblick –, um ein ganz bestimmtes Experiment durchzuführen, die Krönung meiner Experimente. Eines, bei dem man viele Variablen eliminieren kann; bei dem man exakt den richtigen Druck ausüben kann. Ein geschlossenes System ist erforderlich, Z.

H – ich muß das melden …

Warte! Sieh zuerst, was ich getan habe, bevor du [so hart urteilst]. Komm mit mir! Noch ein weiteres Experiment! Ich habe gerade dafür gesorgt, daß die Subjekte in die Versuchsumgebung verbracht wurden! Komm! Sieh zu und lerne … sei aufmerksam!

KAPITEL VIER

Fliegen in einem Einmachglas

Als die Fremden an diesem Abend kamen, um ihn wegzubringen, saß Younger in dem automatisch verstellbaren Krankenhausbett und sah sich im Fernseher an der Wand die Nachrichten an. Neueste Infos über Vorgänge um Leute des Pharmakonzerns Topgrade, zwei Polizistinnen, die vergiftet worden waren; etwas namens Xanton hatte sie dazu gebracht, einen Mann totzuschlagen. Eine weitere »Xanton-Killerin« namens Lu Ann Sowieso, die auf mysteriöse Weise aus dem Gefängnis verschwunden war ... das Meiste hatte sich vor rund einem Monat abgespielt ...

Younger war das alles scheißegal.

Er machte sich an der Fernbedienung zu schaffen und versuchte umzuschalten; dazu benutzte er die eine Hand, die ihm die Lähmung gelassen hatte. Er hatte nur in einem Teil des linken Arms und einem winzigen Stück der linken Hand Gefühl. Er konnte sie benutzen, aber nur unbeholfen.

Younger wollte unbedingt umschalten. Er wollte nichts von Polizisten hören, die Leute totschlugen. Er wollte überhaupt nichts von Gewalt hören. Er sah sich gern *Sesamstraße* und *Shining Time Station* an; etwas, wo er sich darauf verlassen konnte, daß keine Gewalt darin vorkam. Aber bei *Teletubbies* war Schluß. Vor der Lähmung, als er noch wie ein Produzent dachte, waren die Teletubbies für ihn eine gerissene Produktion für Kleinkinder gewesen. Jetzt machten sie ihm Angst; sie schienen die Schöpfung eines Psychopathen zu sein.

Da ihm selbst eine Kugel im Schädel steckte – und er sie auch selbst hineingeschossen hatte –, kreisten seine Gedanken fast zwanghaft um Hirnschäden und Geisteskrankheit.

Obwohl Younger sich selbst einen Kopfschuß verpaßt hatte, schienen seine geistigen Fähigkeiten intakt zu sein. Aber in diesem Bett, in seinem starren Körper gefangen, fiel es ihm jeden Tag schwerer, nicht den Verstand zu verlieren. Inzwischen hielten ihn nur noch Beruhigungs- und Schmerzmittel geistig gesund.

Auch Christopher Reeve war am ganzen Körper gelähmt, aber schien besser damit fertigzuwerden. Vielleicht, überlegte sich Younger, lag das daran, daß Reeve nicht irgendwo in einem Hochsicherheitstrakt in San Bernadino unter konstanter Beobachtung stand. Vielleicht lag es daran, daß Reeve nicht damit leben mußte, daß er mehrere Menschen ermordet hatte, und vielleicht auch daran, daß er sich nicht selbst die Schuld an seiner Lähmung geben konnte; schließlich hatte sich Reeve nicht eigenhändig in den Kopf geschossen.

Und der Schauspieler hatte seine Familie, die ihn tröstete. Younger hatte niemanden. Linda war ihn nicht besuchen gekommen. Niemand war gekommen. Sein Bruder nicht, seine Freunde nicht. Er war ihnen peinlich.

Das Schlimmste – das war manchmal, daß er sich nicht bewegen konnte, oder kaum. Es war, daß er schmerzlos, aber dauerhaft gepfählt zu sein schien. Manchmal war es auch, daß er nicht sprechen konnte. Reeve konnte wenigstens sprechen.

Younger wünschte sich etwa alle fünf Minuten, er hätte diese Kugel in den Kopf nicht überlebt.

Dennoch gab es so etwas wie ein fernes Rauschen der Hoffnung. Es sah aus, als würden ihm die rechtlichen Konsequenzen weitgehend erspart bleiben, da der Bezirksstaatsanwalt zu akzeptieren schien, daß Younger vorübergehend vollkommen unzurechnungsfähig gewesen war – die Nacktheit hatte geholfen –, und in zehn Jahren oder so saß er vielleicht nicht mehr in Haft. Vielleicht würde sein Leben bis dahin auch fast wieder lebenswert sein, denn die Ärzte wollten versuchen, die Kugel zu entfernen – und wenn die Kugel entfernt wurde, beseitigte das vielleicht die Lähmung. Ihr Gehirnchirurg hatte erst gestern mit ihm darüber gesprochen. Die Operation sollte auf dieser Station stattfinden, nur wenige Türen weiter.

Younger würde es nichts ausmachen, wenn er die Operation

nicht überlebte. Dennoch bestand die Chance, daß er sie überlebte, und sie konnte sogar *erfolgreich* verlaufen. Wenigstens würde er sich wieder bewegen und sprechen können. Vielleicht wollte er dann wieder leben. Wenn nicht, konnte er sich wenigstens erfolgreich umbringen, sobald er wieder zu Bewegungen fähig war.

Aus diesem Grund tobte Younger innerlich hilflos, als die zwei neuen Pfleger kamen und ihn in ein anderes Krankenhaus brachten. Der Chirurg hatte klipp und klar gesagt, daß die Operation hier stattfinden würde, in diesem Gebäude. Die zwei großen weißen Männer in ihren großen weißen Pflegeranzügen murmelten etwas von »eine andere Unterkunft, sehr gemütlich –«

Das Seltsame war, sie murmelten die Worte gemeinsam. Dieselben Worte. Gleichzeitig.

»Wir bringen Sie in eine andere Unterkunft, sehr gemütlich.«

»Wir bringen Sie in eine andere Unterkunft, sehr gemütlich.«

Beide gleichzeitig.

Was hatte *das* zu bedeuten?

Und sie sagten nichts von Vorbereitungen für die Operation, ließen mit keinem Wort erkennen, daß sie davon wußten. Die ganze Sache kam ihm wie ein bürokratischer Irrtum vor, und der Clou wäre, wenn die Schwestern kamen, um ihn für seine Operation zu holen, seine einzige Hoffnung, dann würde er nicht da sein, worauf die ganze Operation wahrscheinlich ins Wasser fiel.

Er winkte den Pflegern so gut er konnte mit dem linken Arm zu; er klopfte mit seinem Kugelschreiber, um zu signalisieren: »Gebt mir Papier«, damit er eine Nachricht schreiben und ihnen sagen konnte, daß sie einen Fehler machten.

Der große, muskulöse Typ mit dem kantigen Kiefer und dem Bürstenschnitt nahm Younger den Kugelschreiber nur weg und warf ihn auf den Boden. Younger wollte den Mann anschreien, konnte aber nur ein wenig die Augen verdrehen.

Die Augen dieses Mannes selbst wirkten leer, unklar; sein geschlossener Mund machte einen schlaffen Eindruck. Der Pfleger schien selbst auf eine merkwürdige Weise gelähmt zu sein, auch wenn er und der andere Mann geschickt Youngers Tropf lösten, ihm eine Art von tragbarem Beatmungsgerät auf den Mund stülpten, das Krankenhausbett flach stellten und ihn hinausrollten; der feiste Mann vorn, wo er das Bett mit seinen schwieligen Händen dirigierte, während der größere mit den breiten Schultern hinter Youngers Kopf schob.

Sie schoben Younger den Flur entlang, am Operationsraum vorbei. *Nein, ihr Idioten!*

Der Pfleger, der vorausging, hatte einige Papiere in einer Seitentasche seines weißen Kittels. Diese Papiere zeigte er der Filipino-Schwester, die sie dem mexikanischen Wachmann zeigte, der sie einem chinesischen Arzt zeigte, der sich gerade auf Chinesisch mit jemandem am Telefon unterhielt, nur einen gereizten Blick auf die Unterlagen warf und sie ungeduldig weiterwinkte.

Dann holperte das Bett durch eine Abfolge summender Schiebetüren – und nach zwei Minuten waren sie draußen auf dem Parkplatz und rollten unter den vage sichtbaren Sternen dahin.

Vielleicht, dachte Younger, als sie ihn in den Krankenwagen luden, *wird doch noch alles gut. Vielleicht haben sie einfach die Pläne geändert, wo die Operation stattfinden soll, und sagen es mir nicht, weil ich ja schließlich ein Mörder bin, menschlicher Abschaum, denen ist gleich, ob mir das gefällt oder nicht. Es ist ja nicht so, daß ich irgendwelche »Patientenrechte« hätte, ich kann mich glücklich schätzen, daß sie die Operation überhaupt durchführen.*

Der vierschrötige mexikanische Wachmann kam heraus. »Moment mal, Jungs«, sagte er, »der Doktor möchte die Papiere noch mal sehen. Ihm war nicht bewußt, um welchen Patienten es sich handelt, er glaubt nicht, daß der verlegt werden sollte, für ihn ist eine Operation anberaumt ...«

Okay, dachte Younger, das könnte auch klappen. *Wenn sie nur nicht –*

Er brachte den Gedanken nicht zu Ende; es war, als hätte jemand den Gedanken wie ein Band durchgeschnitten, als er sah, wie die beiden Pfleger einen Blick wechselten und dann zu dem mexikanischen Wachmann traten, worauf der dickere weiße Bursche den Wachmann von hinten packte und der andere die Arme ausstreckte und den Mann zielstrebig würgte.

Sie erwürgten ihn; der große Pfleger, der würgte, machte es mit einer leeren Miene, als wäre er ein Klempner, der mit einem Werkzeug ein Rohr reinigt. Nur einer von vielen kleinen Jobs, tägliche Routine.

Younger machte die Augen zu – und dankte Gott dafür, daß er wenigstens das konnte. Aber so war es fast schlimmer, da er mit anhören mußte, wie der Wachmann hektisch mit den Schuhen auf dem Asphalt zappelte, wie er tief in der Kehle hechelte. Wie er mit einem dumpfen Plumpsen zu Boden fiel.

Die beiden Männer hoben Youngers Rollbett in den Krankenwagen, zurrten es fest, machten die Hecktüren zu, gingen nach vorn und fuhren weg.

Sie unterhielten sich nicht über den Mann, den sie getötet hatten. Sie plauderten nicht über Sport oder den Mann, der sie mit Geld dafür bezahlte, daß sie das machten. Sie sprachen kein Wort.

Es muß Underhills Familie sein, dachte Younger, als er in einem Industriegebiet in ein großes, kuppelförmiges Gebäude gerollt wurde.

Sie mußten ein paar Schurken bezahlt haben, damit sie Younger aus dem Krankenhaus entführten. Sie wollten ihn dafür bestrafen, daß er Underhill ermordet hatte. Sie waren reiche, mächtige Leute. Sie würden damit durchkommen. Er hoffte, sie würden ihn schnell töten.

Die beiden Männer rollten ihn durch eine glänzende silberne Membran; durch ein heulendes Geräusch, wie einen Wasserfall aufgeladener Teilchen; durch eine Mauer und durch eine Tür.

Auf der anderen Seite dieser konturlosen Tür senkte sich ein Deckel im Umriß eines Menschen über Youngers Körper herab und brachte Dunkelheit mit sich. Sein ganzer Körper wurde eingehüllt. Er verspürte spektakuläre Schmerzen. *Die zerquetschen mich unter diesem Ding zu Tode,* dachte er. *Die –*

Dann wurde das schnurgerade Band seiner Gedanken abermals durchgeschnitten …

Es erforderte eine erhebliche Anstrengung, aber H schaffte es, die beiden Männer zu kontrollieren, die diese spezielle Lieferung ausführten, bis er sie selbst wieder in dem Krankenhaus in Orange County abliefern konnte, wo sie normalerweise arbeiteten.

Vor dem Gebäude, auf dem Gelände des Krankenhauses, gab H sie frei. Danach kehrte H zur primären Stätte des Experiments zurück, und Z folgte ihm – Z keifte den ganzen Weg über, hatte H den Eindruck.

Die beiden Pfleger standen nebeneinander und sahen sich blinzelnd in dem japanischen Garten um, der das Krankenhaus umgab, wo sie wieder zu sich gekommen waren.

Der Kleinere sah als erster auf die Uhr. Später führten sie eine lange Unterhaltung über »verlorene Zeit« und kamen überein, daß sie von einem UFO entführt worden waren. Auf dem Fox-Kanal hatten sie eine Reportage über UFOs und verlorene Zeit gesehen.

Sie erfanden eine schlüssige Geschichte über fliegende Untertassen, schmückten sie gemeinsam aus, um die fehlende Zeit zu erklären, und bezeichneten die Schmerzen in den Händen des Größeren als »körperlichen Beweis«; eine überraschend große Zahl von Leuten glaubte die UFO-Geschichte.

Schließlich glaubten sie selbst daran – auch wenn sie tief in ihrem Innersten wußten, daß sie nicht stimmte. Und ein Jahr später verkauften sie die Story ans Fernsehen.

Es wurde ein Fernsehfilm daraus gemacht. Die Einschaltquoten waren bescheiden, aber nicht verheerend.

Zu seinem Erstaunen wachte Younger wieder auf; noch erstaunter war er, daß er sich aufrichten und umsehen konnte. Er trug den Pyjama, den er im Krankenhaus getragen hatte.

Und er staunte noch einmal – diesmal über seine eigene Stimme. »Wo, zum Teufel …« Er verstummte keuchend und faßte sich an den Hals. Er stieg aus dem Bett – nicht sein Krankenhausbett – und spannte die Arme. »Die Operation ist gelungen! Diese ganze Scheiße … muß ein … ein Traum in der Narkose oder so gewesen sein …«

Jetzt redete er nur aus Freude darüber, die eigene Stimme wieder zu hören. Er konnte sprechen, er konnte gehen, er war wieder ein vollwertiges menschliches Wesen!

Dann bemerkte er die anderen Leute an der Tür.

»An sich hat gar keine Operation stattgefunden«, sagte eine verschüchterte, nervöse Frau, die zu ihm kam; sie trug ein zerrissenes Kostüm und keine Schuhe. »Mein Name ist Jane«, fügte sie traurig hinzu.

»Eckman«, sagte ein blasser, schlanker, nervöser kleiner Mann, als wäre er erbost, daß er sich überhaupt vorstellen mußte, während er die Aufwachkammer betrat. »Tod Eckman.« Er trug weite Hosen, ein Golfhemd – und keine Schuhe.

Der Raum war nüchtern; ein rechteckiger Raum, sechs Meter lang, mit einem Bett – der Deckel im Umriß eines Menschen, der dem Oberteil eines Sarkophags glich, hing jetzt wie ein großes, konkaves Ornament an der Decke. Die perlmuttfarbenen Wände schienen sich ganz leicht in sich zu bewegen. Irgendwie wußte Younger, daß diese stumpfen, vage bebenden Wände vollkommen undurchdringbar waren.

Eine offene Tür führte ins verhalten sonnige Freie hinaus …

»Sie können sich gern umsehen«, sagte Jane tonlos. »Wir selbst sind auch noch nicht allzu lange hier. Etwa eine Woche.«

»Oh, es ist länger«, sagte eine kleine Frau mit langem, dunklem Haar, die unter der Tür erschien. Sie trug einen schwarzen Bademantel aus Seide, mit Stickereien grüner japanischer Drachen verziert, ohne Gürtel, ein Höschen aus blauer Seide, sonst nichts. Sie sah nicht wie eine Japanerin aus, fand er, mehr wie eine Armenierin. Später sollte er erfahren, daß sie in Wahrheit Jüdin war, deren Vorfahren vom Balkan stammten. »Zwei Wochen …«

»Mindestens drei – vielleicht Monate«, murmelte Eckman.

Sie waren alle barfuß, fiel Younger auf. Er auch. Wie seltsam.

»Mein Name ist übrigens Caris«, sagte die dunkelhaarige Frau.

»Younger … Äh … Jack Younger …« Er wartete, aber sie ließ nicht erkennen, daß ihr der Name etwas sagte. Er hatte fast damit gerechnet, daß sie mit den Worten *Oh, Jack Younger, der Mörder?* zurückweichen würde.

Eine hübsche, schlanke Blondine mit zerzaustem Haar drängte sich an Caris vorbei – etwas grob, hatte Younger den Eindruck. Eine gewisse Aura der Feindseligkeit.

Sie kam fröhlich und ohne Umschweife zur Sache. »Wissen Sie, gestern war ich tot. Dieser Mann dort hat mich umgebracht.«

»Sie waren nicht tot, Ellen!« fauchte Eckman sie an. »Ich wollte Ihnen nichts tun. Ich habe nur die Beherrschung verloren, weil … weil dieser Ort mich wahnsinnig macht … und dann haben Sie … Mist, ich meine, Sie haben mich angemacht. Sie sagten, es sei meine Schuld, daß Hank tot ist. Als ob es Ihnen etwas *ausmachen* würde, daß er tot ist.«

»Sie haben mit einer Lampe nach mir gehauen und mir den Schädel eingeschlagen«, sagte Ellen nüchtern. Sie lächelte verhalten und lehnte sich an die Wand. »Und natürlich macht es mir etwas aus, daß er tot ist. Auch wenn er ein ziemlicher Drecksack war. Er wurde erst zum Arschloch, weil er fünfzehn Jahre für Topgrade gearbeitet hat.«

»Sie waren *nicht* tot«, beharrte Eckman. »Es kann Sie nicht von den Toten zurückholen. Es hat Sie repariert, aber Sie können nur … verletzt oder so etwas gewesen sein. Wie auch immer, Sie haben keinerlei Spuren davongetragen. Und es tut mir leid, okay? Ich wollte Sie nicht so fest schlagen, ich wollte nur, daß Sie den *Mund halten.*«

Ellen sah Caris an. »Ich weiß nicht. Vielleicht kann es die Toten doch zurückbringen. Sehr verlockend herauszufinden, ob es Tote wiedererwecken kann oder nicht …« Sie lächelte Caris eiskalt an. »Ich könnte die Probe aufs Exempel machen, es ausprobieren. Ein für allemal herausfinden.«

»Du bist wirklich eine kranke Frau. Ellen, was?« sagte Caris, wandte Ellens tödlichem Lächeln den Rücken zu und ging hinaus.

»Was ist dieses *Es,* von dem Sie sprechen?« wollte Younger wissen. »Dieses *Es,* das vielleicht Tote erwecken kann, vielleicht auch nicht? Hat das ... mich geheilt? Was ist es? Oder wer? Kann mich jemand einweihen?«

»Das ist die Million-Dollar-Frage wer oder was ist *Es* –, und wir haben keine endgültige Antwort darauf«, sagte Eckman mit einem vagen Anflug von Humor. »Wir wissen es schlicht und einfach nicht.«

»Aber wo *bin* ich ...?« fragte Younger.

»Das wissen wir auch nicht genau«, sagte Eckman. »Wir wurden alle hierher entführt ... und dabei konnte keiner von uns sehen, wo er war, so daß es uns weiterhelfen könnte ... Aber ich vermute, es ist eine Art Strafe ...«

»Eine Art Hölle«, sagte Jane mit gedämpfter Stimme.

»Ach, so schlimm ist es nicht«, rief Caris von außerhalb der Tür. Sie stand nicht weit entfernt da draußen und hörte dem Gespräch zu. Ihre Stimme wurde leiser, als sie sich weiter entfernte. »Hier gibt es fast alles, was man braucht ...«

»Kommen Sie, Mann«, sagte Eckman. »Jack, richtig? Kommen Sie, Jack. Vielleicht kommen Sie dahinter. Eine frische Perspektive, ich weiß nicht.«

Younger folgte Eckman durch die Tür und befand sich in einem großen, kreisförmigen Raum, der einen fast zwei Morgen großen Rosengarten enthielt, dessen identisch große Pflanzen sich in fein säuberlichen Reihen von einem Marmorspringbrunnen in der Mitte erstreckten. Eine Reihe rote Rosen, eine Reihe gelbe; eine Reihe rote, eine Reihe gelbe, und so weiter, rundherum, wie die Speichen eines Rads. Trotz des Gartens schien das, was er für Sonnenschein gehalten hatte, ein künstliches Licht zu sein, das von der hohen Kuppeldecke ausging, auch wenn man keinen Teil der Decke als Lichtquelle erkennen konnte.

Um den Springbrunnen herum standen Marmorbänke mit Kissen. »Manchmal schlafen wir da«, sagte Eckman. »Um den Brunnen herum, auf den Bänken. Die Temperatur ist überall gleich, wohin man auch geht … und das Licht wird nachts ein wenig gedämpft – wenn es Nacht *ist* –, aber welche Stufe es auch hat, sie ist überall gleich, daher spielt es keine Rolle. Wenn Sie Privatsphäre möchten, gibt es einige Schlafkammern in den Seitenräumen … Toiletten …«

Draußen schlenderten noch ein paar Leute herum. Keiner schien besonders überrascht zu sein, daß er hier auftauchte oder einen Krankenhauspyjama trug. Er traf eine Frau namens Lu Ann, die benommen lächelte und eine zerrissene blaue Uniform trug – Gefängniskleidung. Er nickte einem spanischen Burschen namens Banqueros zu, in einem zerknitterten Anzug; und schüttelte einem athletischen jungen Mann die Hand, der Khakihosen trug, aber kein Hemd, und barfuß wie die anderen war, mit kurzem blondem Haar und einem Eminem-Tattoo auf dem Unterarm. Eckman stellte den jungen Mann als Ronnie Wallach vor.

»Ronnie hier ist unser Joker«, sagte Eckman. »… einigen von uns sind merkwürdige Dinge passiert, und einige von uns kannten die anderen und … es gab verbundene Muster, oder so. Aber der Knabe Wallach hier ist eine Anomalie.«

»Knabe?« sagte Ronnie grinsend, »ich bin zweiundzwanzig.«

»Wie auch immer. Als ob zweiundzwanzig bedeuten würde, daß du ein richtiger Erwachsener bist … Ronnie ist vor vier Tagen hier aufgetaucht.«

»Aufgetaucht … wie?« fragte Younger. »Wie genau wird hier ›aufgetaucht‹?«

»Sind wir hier überhaupt richtige Taucher?« fragte Caris und kam mit Schlafzimmerblick näher. Sie kicherte in sich hinein.

Younger dachte: *Das muß wirklich ein Traum sein. Es muß einer sein, denn ich kann sprechen und gehen und mich bewegen und bin geheilt … Und ich bin sicher, daß ich gehört habe, wie dieser Eckman auf CNN erwähnt wurde … Vielleicht war alles nur ein Traum … Vielleicht wache ich auf und es ist der Tag meiner Besprechung mit Underhill …*

»Wir sind hier aufgetaucht«, sagte Ronnie, »weil wir *offensichtlich* von verdammten Außerirdischen entführt wurden«, fuhr Ronnie achselzuckend fort und ließ wieder seine weißen Jacketkronen aufblitzen. »Außerirdische, denen es nicht gefällt, daß Menschen Schuhe tragen. Ich war auf dem Weg zur Arbeit – ich arbeite in einer Bar in West Hollywood – und auf einmal kann ich die Arme nicht mehr bewegen und das Auto fährt auf einen Parkplatz, und dann kommen sofort zwei Typen und schnallen mich auf eine Bahre und … injizieren mir etwas … ich bin halb wach, so etwa: Tschuldigung, aber was geht hier vor – und die machen einfach auf: He, Freundchen, wir können dich nicht hören – und ich sehe … sehe gewissermaßen … eine Art Industriegebiet – dann bringen sie mich durch diese seltsame Tür, die gar keine Tür ist, in ein Gebäude, ich komm da raus und … hier bin ich. Jetzt sagen Sie mir, daß das keine Entführung durch verdammte Außerirdische ist.«

»So war es mehr oder weniger bei uns allen. Aber einige von uns kamen aus dem Gefängnis hierher«, sagte Jane, die mit einer Rose in der Hand näherkam. Einer weißen Rose mit rosa Rändern. Die sah durchaus echt aus. Ein dünnes Rinnsal Blut lief an ihrem Handgelenk hinab; sie schien eine Dorne zu halten.

Caris blickte zu ihr auf, schlenderte wie einer plötzlichen Eingebung folgend zur anderen Seite des Springbrunnens, setzte sich, strich mit einer Hand durch das Wasser und sah zum schwachen Lichtschein der hohen Decke hinauf.

Younger ließ sich auf eine Bank sinken und betrachtete den plätschernden Springbrunnen, die Rosen, die Wände, wieder den Springbrunnen.

»Er hat diesen ›Ist alles nur ein Traum‹-Ausdruck in den Augen«, sagte Ronnie, der Younger betrachtete, kichernd. »Mann – es ist kein Traum. Es ist eine Art von Gefängnis oder so. Man kann nicht raus. Wir sind ziemlich sicher, daß wir noch irgendwo auf der Erde sind – vielleicht in einem Stützpunkt der Außerirdischen –, wenn sie uns nicht anderswohin gebeamt haben. Aber wir sind ziemlich sicher, daß wir auf der Erde sind.«

»Irgend jemand versichert mir immer, daß das, was ich erlebe, kein Traum ist. Aber ich glaube immer weniger an diese Einschätzung.«

»Oder vielleicht«, sagte Caris, deren Stimme leise von der anderen Seite des Springbrunnens herübertönte, »ist alles immer ein Traum gewesen.«

»Wie groß ist dieser Ort?« fragte Younger.

»So groß wie ein Kolosseum, vielleicht ein wenig kleiner«, sagte Eckman. »Es gibt einige Nebenräume mit einer anderen Art von Umwelt ... einen mit einer Art Strand, hübschen kleinen Dünen, einem Bach, der in der Wand verschwindet – nein, da kann man nicht raus – und blauen Wänden. Und einen Raum, der irgendwie ... dunkel ist, sinnlich ... als sollte er zum Sex ermutigen ... und es gibt eine Art Turnhalle, eine miese kleine Bibliothek mit Leselampen ... Und dann den Dispenserraum, das ist eine Art Mensa ...«

Ronnie verzog das Gesicht. »Das Essen ist irgendwie wie Astronautenfutter, vermutlich synthetisch, aber es scheint, Sie wissen schon, nahrhaft zu sein. Es kommt aus so etwas wie Ventilen an den Wänden, und es verändert sich. Manchmal ist es fleischig, manchmal wie eine Gemüsepaste; wenn es ausgegeben wurde, wird es manchmal zäh oder knusprig. Es kann alle Primärfarben annehmen. Ziemlich wahllos. Aber es schmeckt verdammt gut, Mann. Jedesmal. Die Flaschen und Becher erscheinen und verschwinden einfach. Oh, und es gibt ein Musikzimmer ... Musik, wie Sie sie noch nie zuvor gehört haben ... aber irgendwie auch vertraute Musik ... irgendwie wie New-Age-Musik ... plätschert einfach so vor sich hin ... und Badezimmer ... und ein Duschraum und einige private Schlafräume, dann das Atelier mit Farben und Papier und so'n Zeug ... und diesen Hauptraum ... aber mehr ist nicht. Es gibt keine Ausgangstüren, nicht einmal verriegelte Türen. Einfach *keine Türen* – und keine Fenster. Ich meine, es gibt diese Tür im Aufwachraum, durch die Sie gekommen sind. Aber von da führt keine Tür *nach draußen.* Und wir wissen nicht, wie die uns hier reinbringen. Niemand hat je gesehen, wie einer reingebracht wurde. Sehen Sie diese Tür, durch die Sie gerade in den Hauptraum gekommen sind? Sie ist – ich meine, ob Sie's glauben oder nicht – *sie ist nicht immer da.* Es heißt, sie erscheint manchmal einfach, wenn keiner hinsieht. Und wenn sie erscheint, dann ist das wie ein Zeichen, die Leute wissen, daß wieder jemand eingetroffen ist. Ich war der Letzte, vor Ihnen …«

Youngers Erleichterung darüber, daß er sich wieder bewegen konnte, war größer als seine Furcht vor diesem seltsamen Ort. Immerhin war er bereit gewesen, zu sterben. »Ich begreife nicht, wie dieser Ort real sein kann – aber wenn er eine Art Halluzination ist, dann hoffentlich eine dauerhafte. Ich bin hier besser dran als vorher …«

»Das ist eine … eine Sache der amerikanischen Regierung …« sagte Banqueros. Seine Stimme klang so leise, daß man sie kaum hören konnte. Es schien, als müßte er sich selbst von allem überzeugen, was er sagte. »Die bestrafen uns für unsere politischen Überzeugungen, oder vielleicht haben wir zuviel herausgefunden … über irgend etwas …«

»Das ergibt keinen Sinn: Wir haben alle unterschiedliche politische Einstellungen«, sagte Eckman. »Ich war Republikaner, Ellen war Demokratin, Ronnie hier eine Art Liberaler. Aber wir haben einiges gemeinsam … Alle, bis auf Ronnie.«

Er sah Ronnie stechend an, aber Ronnie war mit den Händen in den Taschen seiner Khakihose von Gap zu Caris geschlendert, die eine selbstgedrehte Zigarette rauchte.

»Ist das Dope?« fragte Younger. »Es riecht so.«

»O ja. Im Dispenserraum wächst Marihuana in kleinen Blumentöpfen. Und es gibt auch Wein bei den Dispensern, wo das Essen ist«, sagte Eckman. »Manchmal, wenn mir alles zu unheimlich wird, betrinke ich mich bis zur Besinnungslosigkeit. Möchten Sie auch was trinken?«

»Darauf können Sie Gift nehmen«, sagte Younger nachdrücklich.

»Gestatten Sie«, sagte Hortmann und trat mit einem Glas zu Younger. »O ja«, sagte der Regisseur und lächelte bitter, als er

Youngers verblüfften Gesichtsausdruck sah. »Ich lebe! Sie haben mich nicht getötet!«

»Ich wußte, daß Sie leben ... Mein Anwalt sagte mir, daß Sie der einzige Überlebende sind ... aber ... es hieß, Ihr Zustand wäre kritisch ... Ihre Lunge wäre zusammengefallen oder so ...«

»Und Sie wären nach dem Schuß, den Sie sich selbst zugefügt haben, gelähmt. Und? Wir sind beide unerklärbar. Wandelnde Wunder. Vielleicht erproben sie ohne unsere Zustimmung medizinische Verfahren an uns, was meinen Sie?«

Younger konnte Hortmann nur anstarren. Als Younger diesen Mann zuletzt gesehen hatte, hatte er ihm in die Brust geschossen. Hortmann hatte zuckend in einer Blutlache gelegen. Jetzt stand er hier, trank Wein und trug Shorts und einen Frotteebademantel, wahrscheinlich aus dem Krankenhaus, in dem er gewesen war, bevor er hierher kam. Seine Brust war entblößt – und man konnte nicht einmal eine Schußwunde sehen.

»Ja. Ich war schwer verletzt«, sagte Hortmann. »Aber als ich hierher kam ... hat dieser Ort mich geheilt. Wie Sie auch. Sie sehen aus, als fragten Sie sich, ob Sie vor mir davonlaufen sollen, Younger – sparen Sie sich die Mühe. Ich will mich nicht rächen. Wir stecken hier alle zusammen drin. Und schließlich wurde ich geheilt. Es war sogar ... eine interessante Erfahrung. Also. Möchten Sie jetzt was trinken, oder nicht?«

»Ja, bitte.«

»Hier ... Sie werden feststellen, daß der Rotwein – es gibt roten und weißen – eine ziemlich gute Nachahmung eines Merlot in einem Mittelklasserestaurant ist. Man muß nicht davon würgen, und irgendwann machte er einen betrunken.«

Ich spüre keine psychische Interferenz, sagte Z. Beeinflußt du deine Subjekte auf einer mir unbekannten Wellenlänge?

H signalisierte [eine Glyphe, die amüsierte Verneinung bedeutet] und sagte: Ich übe gar keinen Einfluß auf sie aus – sobald sie sich in dem geschlossenen System befinden, ziehe ich mich zurück und beobachte nur noch. Ich habe nicht vor, ihnen Gedanken oder Impulse einzugeben. Ich wählte sie wegen ihrer Persönlichkeitstypen, wegen ihrer [persönlichen psychischen Chemie] und ihrer Kontinuität mit früheren Experimenten. Ich habe über nach dem Zufallsprinzip wechselnde Bedingungen nachgedacht – zum Beispiel plötzliche Einbrüche von Eiseskälte oder Hitze, Entzug der Nahrungsmittelvorräte –, aber das ein vollkommen anderes Experiment. Wir werden sehen. Was mir [sinnbildlich: »vorschwebt«] ist, zu verfolgen, wie ihre persönlichen Zwänge in einem geschlossenen System interagieren. Natürlich haben wir den speziellen Umstand der Regenerationsmaschine; und es gibt eine externe Bedingung, die ich vielleicht verändere, um den wahrscheinlichen Verlauf der Ereignisse zu beschleunigen … Wir werden sehen … Sieh zu und lerne, Z! Die Faszination ist endlos.

Younger brauchte zwei Tage, bis er sich psychologisch akklimatisiert hatte. Er lief herum und probierte die einfache Ausrüstung der Turnhalle und des Ateliers aus. Er tanzte sogar ein wenig mit Caris. Er suchte sich eine freie Schlafkammer – vollkommen leer, abgesehen von dem Bett –, wo er zu seiner Überraschung einigermaßen gut schlief. Er wachte mit der Gewißheit auf, daß alles ein Traum gewesen war und er gelähmt in seinem Krankenhausbett liegen würde. Dann streckte er sich, richtete sich auf und hörte die seltsame, einfache synthetische Musik am anderen Ende des Flurs; er sah Caris mit einem Joint vorbeigehen; er lief in den Garten hinaus, und da waren sie alle unter dem Kuppeldach.

Er suchte nach Einzelheiten des Ortes – und konnte in vieler Hinsicht keine finden. Die Abflüsse in den Duschräumen waren glatte Löcher im Boden. Es gab kein Metallgitter über den Abflüssen; nirgendwo standen Markennamen darauf – nicht auf den Duschköpfen, nicht auf den Rasiermessern, nicht auf den Metallspiegeln. Alles bestand aus Materialien, die bekannt waren – und unbekannt. Die fehlenden Herstelleraufdrucke verstärkten den surrealistischen Gesamteindruck der Anlage nur noch.

Younger beschloß, die Realität ihres barmherzigen Gefängnisses anzuerkennen. Wenn er an diesen Ort glaubte, glaubte er auch, daß seine Genesung real war.

Zwei Tage nach Youngers Ankunft berief Hortmann kurz nach dem Mittagessen eine Sitzung ein. Hortmann war, vielleicht aufgrund der Tatsache, daß er Filmregisseur gewesen war, so etwas wie der nominelle Anführer im Terrarium geworden.

»Das Terrarium« war Caris' Ausdruck für den Ort, der sich durchgesetzt hatte. Younger freilich gefiel er ganz und gar nicht.

»Es wird wieder Zeit, Notizen zu vergleichen«, sagte Hortmann, als sie um die »Nordseite« des Springbrunnens herum saßen; manche auf dem Marmorrand, manche auf den gepolsterten Bänken. Da es keine Fenster gab, hatten sie keine Ahnung, wo Norden oder Süden oder Osten oder Westen lagen, daher hatten sie die Himmelsrichtungen nach Gutdünken um die Mittelachse des Springbrunnens herum angeordnet, nur damit sie eine Form der Orientierung hatten. »Hat jemand etwas Neues gelernt? Irgendwelche Theorien?«

Ronnie und Caris meldeten sich beide zu Wort und stellten erneut die Theorie auf, daß sie von Außerirdischen aus einem anderen Sonnensystem hierher gebracht worden waren.

Die anderen hielten alles mehr für ein exotisches, von der Regierung finanziertes Experiment. »Es handelt sich um ein schwarzes Projekt unter Einsatz einer Technologie, die sie für sich behalten«, wie Eckman es ausdrückte. »Der militärische Abschirmdienst der USA, die CIA – die verfügen über geheime Geräte zur Gedankenkontrolle, das weiß ich aufgrund meiner Arbeit – und der Arbeit davor – ganz sicher … Vielleicht erzähle ich euch eines Tages davon … Dies muß eines dieser schwarzen Projekte sein …«

»Ja, zweifellos hatten Sie die Hände bei so etwas im Spiel, Eckman«, sagte Ellen mit hohler Stimme. »Ohne *Zweifel* wissen Sie etwas darüber.«

Eckman beachtete sie nicht. Younger mochte Ellen und machte sich Sorgen um sie. Sie hatte nicht viel geschlafen – und schien alles zu tun, damit sie nicht schlafen mußte; ihre anfängliche Fröhlichkeit schien im Lauf der vergangenen zwei Tage verschwunden zu sein. Er lächelte ihr zu und sie lächelte erschöpft zurück.

»Ich habe nach einem Weg hinaus gesucht«, sagte Banqueros. »Die Rosensträucher, die sind in … so etwas wie Eimern aus Metall, in die Erde eingelassen, Teil des Bodens. Ich habe ein paar ausgegraben, aber … man kann nicht darunter graben. Die … Eimer, sie sind alle verbunden …«

»Ja«, sagte Younger. Er hatte Banqueros geholfen, einige Sträucher auszugraben. »Die ›Töpfe‹ oder wie immer man sie nennen möchte, in denen die Rosen eingepflanzt wurden, sind nahtlos mit dem Boden verbunden. Nur Dellen im Boden.«

»Der Springbrunnen«, fuhr Banqueros fort, »der kommt aus einem kleinen Loch, groß wie eine Männerfaust. Kein Hinauskommen möglich. Isch 'abe versucht, die Bänke su serbrechen und vielleicht darunter einen Weg su finden. Es gibt keine Möglichkeit. Die Dispenser lassen sich nicht öffnen.« Sein Akzent und die fehlerhafte englische Grammatik schienen unter Druck schlimmer zu werden. »Wir haben die Rosen wieder eingepflanzt«, fügte er hinzu und sah zur Decke, als wollte er es den Herren über diesen Ort mitteilen. Um sie versöhnlich zu stimmen.

»*Natürlich* gibt es keinen Weg hinaus …« sagte Lu Ann dumpf. »Es ist eine Strafe. Eine Art von … von humaner Strafe. Aber eine Strafe. Wenn man so einfach entkommen könnte, wäre es ja keine Strafe.«

»Aber ich dachte – vielleicht ist es ein Test … um unsere Intelligenz su prüfen, um su sehen, ob wir einen … einen geheimen Ausgang finden können …« fuhr Banqueros fort. »Aber ich finde nichts Derartiges – nichts sum …«

»Zum Auslösen, richtig?« sprach Caris für ihn zu Ende. »Ja, denselben Gedanken hatte ich auch. Ich konnte auch nichts finden. Aber ich bin sowieso nicht gerade eine Leuchte, was Tests angeht. Ich bin kein Dummkopf, hab aber einfach keine Geduld.«

»Das ist eine interessante Theorie«, sagte Hortmann. »Ein Intelligenztest, den Ausgang zu finden. Aber ich glaube nicht daran. Rein intuitiv scheint es mir nicht richtig zu sein …« Er machte eine Pause. Mit den Händen auf den Knien sah er erst stirnrunzelnd zum Boden, dann zur Decke, und fuhr bedächtig fort: »Ich habe mir eine eigene Theorie zurechtgelegt. Ich beobachte seit zwei Tagen alles hier. Und mir ist etwas Eigentümliches aufgefallen: In den Badezimmern gibt es Dispenserdüsen für Schaum, und Rasiermesser zum Rasieren. Aber was für Rasiermesser? Es sind gerade Rasiermesser, die aus einem glänzenden Stahl bestehen, Klinge und Griff, sehr scharf. Warum gerade Rasiermesser? Hier gibt es eindeutig soviel Technologie, daß elektrische Rasierer oder eine Art von Sicherheitsklinge möglich wären. Dann – die Turnhalle. Jede Menge Seile. Abnehmbare Seile. Zum Klettern, zum Schaukeln. Oder für etwas anderes? Ein paar Hanteln mit recht scharfen Metallkanten. Im Dispenserraum gibt es mehrere Feuerzeuge mit dünnen, langen Flammendüsen. Nur für das Marihuana? Im Tanzsaal ragt etwa in Schulterhöhe ein Metallstab aus der Wand. Wir haben alle versucht, ihn wie einen Hebel zu benutzen, um etwas damit zu aktivieren. Er ist starr und reagiert nicht. Aber vielleicht ist er aus einem bestimmten Grund dort. Man könnte ihn als Waffe benutzen. Keine sehr offensichtliche Waffe – darum geht es. Es gibt keine Schußwaffen, keine Messer als solche. Aber wir haben Rasiermesser, Seile, einen Stab – und hier Wasser, das tief genug ist, daß man jemanden ertränken kann, wenn man ihn runterdrückt.«

»Welche Waffe benutzte Professor Plum in der Bibliothek?« fragte Younger und versuchte, Ellen zum Lachen zu bringen.

Sie saß auf dem Rand des Brunnens, Füße im Wasser, hatte den anderen den Rücken zugewandt und sah in die träge blubbernde Mitte des Springbrunnens. Sie drehte sich zu Younger um. »Und wen hat Oberst Mustard in der Küche ermordet?« Bei sich selbst fügte sie hinzu: »Und hatte Miss Scarlett Xanton genommen, als sie Mr. Green ermordete?«

»Das ist auch so etwas«, sagte Hortmann. »Die Meisten von uns hatten eine … wie soll ich sagen … *interessante* jüngste Vergangenheit. Wir alle waren in seltsame Gewaltausbrüche verwickelt. Manchmal miteinander, manchmal nicht.«

»Das ist an sich nicht so seltsam«, sagte Ellen und sah Eckman an. »Bei manchen Leuten ist das unvermeidlich. Die erzeugen einfach Schmerz.«

Younger sah zu Lu Ann, die auf einem Knöchel kaute und dabei eine gelbe Rose an einem Strauch neben ihrer Bank betrachtete. Die Rosen schienen nie herabzuhängen oder zu verblühen, obwohl es offenbar echte Rosen waren.

Er hatte nie erlebt, daß sie Eckman angesehen, geschweige denn mit ihm gesprochen hätte. Younger hatte ihre Geschichten teilweise mitbekommen. Anscheinend gab sie Eckman die Schuld daran, was ihrem Mann zugestoßen war. Sie hatte Xanton eingenommen. Aber sie hatte beschlossen, ihn einfach als Luft zu betrachten.

»Ich habe mit Younger gesprochen«, fuhr Hortmann fort. »Er ist nicht sicher, warum er nackt und bewaffnet im Büro aufgekreuzt ist. Er schien ›in einem Traum‹ zu sein, sagte er. So empfindet er jetzt nicht mehr – er fühlt sich nicht mehr in einem Traum von Gewalt gefangen – allerdings muß man zugeben, daß unsere Situation viel Ähnlichkeit mit einem Traum hat. Mr. Eckman befand sich an der Peripherie der Gewalt. Oder, wenn man so mag, er war im Auge des Sturms. Aber er hat gezeigt, daß er unter Streß zu Gewalt fähig ist – er hat Ellen hier schwer verletzt ...«

»Mich ermordet«, sagte Ellen tonlos.

»Wir waren alle nicht sicher, ob Sie tot sind«, sagte Hortmann in neutralem Tonfall. »Ihr Körper versank im Boden und kam im Aufwachraum wieder zum Vorschein, wiederhergestellt und gesund. Jane hier schien Mr. Banqueros Sachen sagen zu hören, die er gar nicht gesagt hat – was dazu führte, daß seine Frau versehentlich von der Polizei erschossen wurde. Lu Ann drehte, genau wie Ellen, unter Medikamenteneinfluß durch, allerdings scheint sie nicht, wie in Ellens Fall, absichtlich vergiftet worden zu sein ... Caris war ebenfalls nur am Rande Gewalt ausgesetzt – aber irgendwie mit der Tragödie von Ellen und ihrem Mann verbunden ...«

»Nur der Knabe hier«, sagte Eckman, »hat nichts Derartiges erlebt ... Es sei denn, er lügt.«

»Wissen Sie was?« sagte Ronnie, der auf dem Rücken auf einer Bank lag und in das vage Leuchten oben sah. »Mir kommt es so vor, als hätten Sie es auf mich abgesehen, Eckman. Warum nur? Mann, *Sie* sind der Typ von der Firma, die unheimliche Forschungen betreibt. Vielleicht wurden Sie ja hierher geschickt, vielleicht wurden Sie absichtlich eingeschleust, vielleicht gehören Sie zu dem absurden Trip, auf dem wir uns hier befinden, wenn keine Außerirdischen dahinterstecken ... könnte ja auch sein, daß ein paar von euch Außerirdische *sind* ... Ich meine, Ellen hier – die einfach so von den Toten aufersteht ... Wenn jemand anderes stirbt, würde *der* vielleicht nicht wieder auferstehen. Vielleicht ist sie so eine Art von, ihr wißt schon, außerirdischem Androiden ...«

Ellen lachte mit einem hysterischen Unterton. Dann stand sie auf und ging im Zickzack zwischen den Sträuchern hindurch zum Dispenser und dem Wein.

»Ich bin nicht der geeignete Kandidat für den heimlichen Strippenzieher«, sagte Eckman. »Mir scheint, daß Hortmann hier eher eine Strippenziehermentalität hat. Das hat bei den teutonischen Typen Tradition, nicht? Und erinnert ihr euch an Dr. Mengele? Vielleicht ist das ihr Experiment – der neueste deutsche Wahnsinn. Vielleicht ist er derjenige – der von denen eingeschleust wurde, die uns hierher gebracht haben ...«

Plötzlich stand Banqueros auf, wich einen Schritt vor Hortmann zurück und sah ihn an.

»Nein, mein Freund«, sagte Hortmann und schüttelte den Kopf. »Ich bin es nicht.«

»Es ist echt Blödsinn, so etwas über Hortmann zu sagen«, warf Younger ein. »Der Mann war ein berühmter Regisseur. Entschuldigung, Hortmann, ich wollte nicht so reden, als wäre das alles Vergangenheit – der Mann *ist* ein berühmter Regisseur. Kein Wissenschaftler oder so.«

»Schon gut, Younger«, sagte Hortmann achselzuckend. »Aber wißt ihr – wir sollten uns nicht auf dieses Wer-ist-der-Maulwurf-Spiel einlassen. Das führt zu nichts. Ich glaube nicht, daß wir einen ›Maulwurf‹ unter uns haben.« Er sah die anderen ernst an. »Ich glaube, wir sind alle Teil eines Experiments, und zwar unfreiwillig.«

»Falls Ronnie ein Joker ist«, meinte Younger, »dann wäre das auch Teil des Experiments. Man steckt einen dazu, der nicht alles durchgemacht hat …« Er verstummte und dachte nach. Erinnerte sich. »Herrgott.«

Banqueros sah ihn an. »Ist Ihnen was eingefallen?«

»Also … irgendwie schon. Ich meine … was mit mir passiert ist. Das war so unwirklich. Ich habe noch nie solche Blackouts oder Wahrnehmungsstörungen erlebt. Daß Traum und Wachsein sich vermischen. Vielleicht war ich immer ein bißchen *zu* normal – zu … ambitioniert. Zu pragmatisch. Ich meine, ich hatte immer dieses Schuldbewußtsein und versuchte, etwas für andere Leute zu tun – Wohltätigkeit, so etwas … Aber ich wurde verzweifelt und wäre bereit gewesen, für einen Durchbruch in der Branche *alles zu tun, was erforderlich war.* Aber das ist kein ungewöhnliches Verhalten für Menschen. Ich dachte, vielleicht, ihr wißt schon, die Diskrepanz, daß ich ein *Gewissen* hatte und so tat, als hätte ich *kein* Gewissen … Ich wollte meine Freundin überreden, daß sie Sex mit Underhill macht …« Er sah zu Hortmann. »Haben Sie das gewußt?«

»Nein. Aber es überrascht mich nicht. Ich habe Gerüchte über seine ›speziellen Bedingungen‹ gehört …«

»Also … ich dachte mir, vielleicht bin ich unter dieser Belastung zusammengebrochen. Aber mir kam es nicht so vor, nicht annähernd. Es war ein Teil, aber sicher nicht das Ganze. Es war, als wäre ich … als wäre ich von etwas umgekrempelt worden, das sich *einen Witz* mit mir erlaubte oder mich mit meiner eigenen kranken, bedingungslosen Bereitwilligkeit verspottete, allen wehzutun, um zu bekommen, was ich wollte … mit meinen Fehlern spielte …«

»Was wollen Sie damit *sagen?*« fragte Jane ungeduldig.

»Ich will damit sagen, was immer mich hierher brachte, muß schon lange *bevor* ich hierher kam mit mir gespielt haben. Ich meine, überlegt doch, wie unnatürlich, wie anomal das war, was ich getan habe. Nackt herumspazieren, schießen. Ich versichere euch, in meiner Familie gab es keine Geisteskrankheiten. Und was mit Ihnen passiert ist, Jane – das entspricht nicht Ihrem Charakter, oder?«

Sie richtete sich starr auf und sah ihn mit offenem Mund an. »Nein ... keineswegs. Ich ... Herrgott, Sie haben recht! Vor diesem Tag mit den Banqueros hatte ich keinerlei Schwierigkeiten, hatte nie Probleme zu hören oder verstehen, was jemand sagte ... und alles wirkte – sehr gezwungen, sehr *willkürlich,* was mir zustieß ...«

»Und ich spürte ...« platzte Lu Ann heraus, »... was mit mir geschah ... was ich getan habe ... es war fast, als hätte es mir jemand eingeflüstert! Als hätte mich jemand auf diese schiefe Bahn gebracht.«

»Aber vielleicht versuchen wir nur, uns aus der Verantwortung zu mogeln«, deutete Jane mit betroffenem Gesicht an. »Die Verantwortung für unsere Taten von uns zu weisen, indem wir sagen, wir wurden ... was? ... irgendwie manipuliert.«

Younger schüttelte den Kopf. »Nein – das könnte stimmen, wenn wir nicht hierher gebracht worden wären. Aber bezieht diesen Ort mit ein, dieses ›Terrarium‹-Experiment, in dem wir stecken – dann wäre es sinnvoll, daß alles Teil eines großen Experiments ist.«

»Also fing das Experiment schon an, *bevor wir hierher kamen* ... und für jeden von uns auf eine andere Weise ...« sagte Hortmann. »Und doch«, fügte er fast bei sich hinzu, »war immer irgendwie Gewalt im Spiel ...«

Das ist beunruhigend, sagte H, der mit Z unsichtbar über der Diskussionsrunde schwebte.

Sie weichen von deinem [Programm] ab, weil sie das Ausmaß dieses Experiments durchschaut haben, sagte Z. Mit der Erschaffung dieses geschlossenen Systems bist du zu offensichtlich gewesen. Es war zu offensichtlich ein Experiment.

Ich ging davon aus, daß es ihnen so vorkommen würde, aber ich konnte nicht [denken oder ahnen], daß sie es mit früheren Vorkommnissen in Zusammenhang bringen würden.

Du hast sie unterschätzt. Es besteht die vage Möglichkeit, daß sie über echte Intelligenz verfügen, sagte Z. Was man bei dir in Frage stellen muß.

Aber die Reinheit des Experiments kann noch gewahrt werden, sagte H, der Zs Anzüglichkeit überhörte.

Und wie willst du das anstellen?

Es ist erforderlich, eine weitere Neuerung einzuführen, und zwar schnell. Aber nicht zu schnell.

»Heute kann ich mich nicht mehr mit diesem Mist befassen«, sagte Caris. »Ich hol mir was von dem verdammt guten Gras, das diese ›Verhaltensforscher‹ so großzügig bereitgestellt haben.«

»Aber vielleicht ist es ja genau das«, schlug Younger vor. »Vielleicht ist es eine Art Experiment mit Betäubungsmitteln und Alkohol. Wenn wir uns bewußt nicht berauschen …«

»Wenn ja, ist es ein erfolgreiches Experiment«, sagte Caris und schüttelte die Haare. Sie entschwand in Richtung ihres Zimmers, wo sie einen Vorrat von Marihuana und Wein aufbewahrte.

»Ich finde es wahrscheinlicher, daß es mit Gewalt zu tun hat, Jack«, sagte Hortmann. »Vielleicht wird erwartet, daß wir Gewalt gegeneinander anwenden. Und vielleicht … was ich jetzt sage, wird schockierend sein, ich warne euch … *vielleicht ist das unsere einzige Hoffnung auf Befreiung* … so paradox es erscheinen mag. Wenn sie mit ihren Ergebnissen zufrieden sind …«

»Was?« schnaubte Younger. »Wir sollen gewalttätig werden?« Er schüttelte den Kopf. »Also das – das ist wahrhaft eine teutonische Bemerkung. Dem Klischee entsprechend.«

Hortmann sah ihn kalt an. »Wirklich? Bis jetzt sind Sie von uns beiden der Einzige, der etwas Mörderisches getan hat, Younger.«

Younger verzog das Gesicht. »Ja. Eins zu null für Sie. Okay. Ich entschuldige mich. Ich muß selbst über das alles nachdenken …

ich gehe nachsehen, ob mit Ellen alles in Ordnung ist ... Irgendwie mache ich mir Sorgen um sie ...«

Younger stand auf und machte sich – als das Licht gerade diffus, trübe wurde und in das Halbdunkel überging, das die »Abendstunden« kennzeichnete – auf die Suche nach Ellen.

Als er den Pfad hinter den Reihen der Rosen betrat, drehte er sich einmal um: Beim Springbrunnen hatten Jane und Lu Ann eine erhitzte Debatte mit Banqueros begonnen. Hortmann sah nachdenklich in das murmelnde Wasser. Und Eckman bedachte Ronnie mit einem Blick, der unzweifelhaft an den eines Raubtiers erinnerte.

»Sie sind in den *Boden* eingesunken?« fragte Younger.

Younger und Ellen saßen im Dispenserraum auf Bänken zwischen langen, konturlosen Metalltischen und tranken Wein. Ihm entging nicht, daß die Tischkanten vermutlich schärfer als notwendig waren, und er mußte an Hortmanns Worte denken.

Warum gerade Rasiermesser?

»Ich kann mich nicht erinnern, daß ich durch den Boden gesunken wäre«, sagte Ellen. »Ich war in der Bibliothek – wenn man sie so nennen mag. Es sind Bücher, die willkürlich aus einer anderen Bibliothek gestohlen worden zu sein scheinen, und nur von A bis C. Aber was immer dieser Raum sein mag – ein paar Bücher auf einem Regal, ein paar Tische, einige Lampen mit Schirmen aus Metall –, ich habe mich mit Eckman gestritten. Ich drehte mich zu ihm um und sah die Lampe auf mich runtersausen und hatte nicht einmal mehr Zeit, sie mit den Armen abzuwehren. Und dann bumm, ein kurzer, aber sehr intensiver Schmerz in meiner Stirn – ich schwöre, ich konnte kleine Knochensplitter spüren, die gleichzeitig wie winzigkleine Messerklingen in mein Gehirn eindrangen – und dann ... war mir, als würde ich fliegen oder körperlos dahinsausen. Als wäre ich nur ein Wind, aber *ein Wind, der denken kann,* und wehte durch diese endlose Nacht. Die anderen sagen, als Eckman auf mich eingeschlagen hat, fiel ich zu Boden und mein Körper *versank* darin, in nichtmal einer Sekunde, der Boden wurde irgendwie ...

einfach weich um mich herum und floß über meinen Körper. Ich kann mich an nichts davon erinnern. Und dann –« Sie breitete die Arme aus und zuckte die Schultern. »Kam ich im Aufwachraum zu mir. Ich denke nicht gern an diesen Abend.«

Er nickte. Er fragte sich, ob er ihr Unbehagen noch verschlimmerte. Aber wie konnte er sie aufmuntern? Sie wußte, daß er selbst ein Mörder war.

Er konnte nicht vergessen, daß er Underhill getötet hatte, genau wie diese hoffnungsvollen jungen Produzenten ... Deren Eltern immer noch um sie trauerten. *Mein Sohn wurde von einem unzufriedenen, gescheiterten Produzenten ermordet ... Das ist nicht recht. Mein Sohn war so jung. Er wollte nur im Fernsehen arbeiten, die Leute unterhalten ... Er hatte gerade ein Baby bekommen ...*

Ursache dafür zu sein, daß jemand das Leben für grausam und ungerecht hielt; der Grund zu sein, daß sich jemand möglicherweise den Rest seines Lebens einsam fühlte, sich nach dem Sohn verzehrte, der nie wieder zu Weihnachten oder Hanukkah nach Hause kommen würde. Das war fast mehr, als er ertragen konnte, ohne zu schreien.

Aber wenn er dazu getrieben worden war ... dann konnte er sich vergeben.

Vielleicht hatte Jane recht. Vielleicht versuchte er nur, sich aus der Verantwortung zu stehlen. Aber sieh dich doch um, sagte er zu sich. Wo bist du denn?

Jemand spielt mit dir.

Dennoch ... ließen die Schuldgefühle nicht nach. »Wissen Sie, was ich getan habe, Ellen, an dem Tag, als ich mich selbst erschießen wollte?« begann er. »Ich meine – ich bin ausgeflippt und ...«

»Ich habe es gehört.«

»Empfinden Sie dabei ... ich meine ... mache ich ...«

»Ihretwegen mache ich mir keine Sorgen«, sagte sie mit einem fast unmerklichen Kopfschütteln. Sie trank etwas Weißwein. »Nein. Sie machen mir keine Angst.«

»Wirklich? Gut. Das freut mich. Aber wissen Sie ... was mit

mir passiert ist … na ja, was uns fast allen passiert ist … Sie waren nicht dabei, als wir beim Springbrunnen darüber gesprochen haben …«

Er schilderte ihr seine Theorie. Sie betrachtete ihn mit neu erwachtem Interesse. »Das könnte alles ein einziges Experiment sein? Und jemand hat Sie … möglicherweise manipuliert, als Sie diese Leute erschossen haben?«

»Vielleicht. Mir schien es fast … eine Kollaboration zwischen meinen eigenen Schwächen, meiner unterbewußten Lebensweise – und diesem *Ding* zu sein, das mich manipulierte … was immer oder wer immer es sein mag.« Er gähnte. Plötzlich fühlte er sich müde, seine Glieder bleischwer. »Und – wer weiß, was die Ihrem Hank angetan haben? Oder Lu Ann und Jane?«

Sie nickte langsam. »Das …«

»Es klingt logisch, nicht? Ich meine – vielleicht ist es eine eigennützige Theorie meinerseits. Daß wenigstens ein Teil dessen, was ich getan habe … *eingefädelt* war. Mir aufgezwungen wurde.«

»Ich könnte mir vorstellen, daß etwas Sie dazu getrieben hat. Sie machen so einen besonnenen Eindruck.« Sie verbarg ein Gähnen hinter der Hand. »Ich muß mich hinlegen … Reden wir morgen weiter. Oder wie immer man hier den ›nächsten Tag‹ bezeichnen mag …«

Sie nahm ihr Weinglas und ging durch die Türöffnung auf den Flur hinaus zur Reihe der Schlafkammern. Er betrachtete dabei ihre langen, schlanken Beine unter den kurzen Hosen. Dann stand er selbst auf und dachte über ein weiteres Glas Wein nach. Er sah zum Dispenser an der Wand. Schlitze und Düsen und Knöpfe ohne Symbole. Nicht einmal außerirdische Symbole.

Nein, dachte er. Kein Wein mehr. Wer wußte, was wirklich darin sein mochte?

Er gähnte, fühlte sich schläfrig und ging zu den Schlafkammern.

Alle anderen schliefen schon. Und schnarchten lauthals.

Sie schlafen so tief, dachte er, als er an ihren Kammern vorüberging. Schlafen so gut.

Er schaffte es gerade noch zu seiner Couch, bevor er selbst einschlief.

Sie schliefen alle gut. Sogar Ellen und Lu Ann, die bislang immer unter Schlafstörungen gelitten hatten.

Die meisten saßen in der »Mensa« des Terrariums und aßen, als Caris hereinkam und atemlos verkündete: »Der Hauptraum ist verschwunden – irgendwie.«

Sie gingen nachsehen und stellten fest, daß der Hauptraum *größtenteils* verschwunden war. Und man hatte ihn verändert. Neue Wände unterteilten den Raum jetzt in deutlich kleinere Parzellen. Ein kreisrunder Raum war zu einem schmalen, schiefen Dreieck geworden.

Der Springbrunnen war noch da, im Apex des kuchenstückförmigen Raums, der geblieben war – auch wenn das für Younger, soweit er sich an den vorherigen Raum erinnern konnte, geometrisch keinen Sinn ergab –, aber die Rosen waren verschwunden, keine Blüte, kein Erdklumpen blieb übrig, und der Boden sah vollkommen glatt aus, wo die Pflanzen gewesen waren – jedenfalls gab es in dem erhalten gebliebenen Abschnitt des Raums keine mehr. Auf der uneinsichtigen Seite, jenseits der neuen Wände, mochten sie erhalten geblieben sein.

Die neuen Wände waren gerade und nahtlos, vom Boden bis zur Decke, ohne Türen oder Fenster, und bildeten ein tortenförmiges Areal, ein Achtel des ursprünglichen Raums. Hoch und schmal. »Wie eine Kathedrale«, sagte Ellen, »dem Gott der Klaustrophobie geweiht.«

»Vielleicht«, sagte Lu Ann mit bebender Stimme, »wird er immer kleiner und noch kleiner und … *zerquetscht* uns einfach …« Sie sah nervös über die Schulter, ob die Tür zum Nebenzimmer noch da war.

»Mir gefällt nicht, daß die Rosen fort sind«, sagte Jane und kleidete in Worte, was sie alle empfanden. »Es war, als würden sie ausdrücken, daß uns das Terrarium nicht … feindlich gesonnen ist. Sie waren wie eine Geste. Was will es uns *jetzt* sagen?«

»Iih«, sagte Lu Ann. Nicht mehr als ein Quieken, während sie linkisch zur Tür zurückwich. »Iih.«

Hortmann sah achselzuckend in den Springbrunnen. »Ich denke, jetzt werden wir es sehen«, sagte er. »Jetzt wird es die Karten auf den Tisch legen.«

»Wo ist Ronnie?« fragte Eckman.

Alle waren anwesend, ausgenommen Ronnie – und Lu Ann, die nach nebenan ging, als hätte sie Angst, die Tür könnte verschwinden.

Möglicherweise, dachte Younger, *passiert ja genau das.*

»Ich habe ihn heute morgen nicht gesehen«, sagte Banqueros und rieb sich mit einer zitternden Hand das stoppelige Kinn.

In stummer Übereinstimmung gingen sie nach Ronnie sehen – und was sich sonst noch verändert hatte.

Der einzige Unterschied, abgesehen vom klaustrophobischen Schrumpfen des Hauptraums, war der, daß die meisten Schlafkammern verschwunden waren. Oder die Türen, die hineinführten.

Die Zimmer waren lautlos und nahtlos versiegelt worden, nachdem sie alle aufgestanden waren, um zur Mensa zu gehen. Nur eine Schlafkammer blieb übrig.

Und – man konnte etwas erkennen, wo Ronnies Kammer gewesen war. Der Türrahmen wurde durch eine leichte Vertiefung in der Wand ausgewiesen, als sollte die Aufmerksamkeit auf eben die Stelle gelenkt werden, wo die Tür gewesen war. Es war die einzige solchermaßen abgeschottete Kammer.

Sie konnten leise hören, wie Ronnie nach ihnen rief; hämmerte, panisch auf der anderen Seite der Wand schrie.

»Oh, nein … Scheiße«, hauchte Ellen. Sie drehte sich um, als suchte sie jemanden, den sie ansprechen konnte, dann brüllte sie zur Decke hinauf: *»Laßt ihn raus! Gottverdammt! Bitte! Laßt ihn doch raus! Wir bereuen, was wir getan haben! Laßt ihn raus!«*

Sie konnten mit ihm reden, wenn sie laut genug riefen, aber dieses Brüllen machte einen heiser und führte zu nichts. Ronnies panische Schreie verrieten ihnen, daß es keinen Ausweg aus dem Raum gab; keine unsichtbare Tür in der anderen Wand hatte sich aufgetan. Die Tür hatte sich einfach geschlossen, wie eine Narbe – als sollte er dafür bestraft werden, daß er zu lange geschlafen hatte.

»Das ist Ihre Schuld, Banqueros«, sagte Eckman verbittert. Hin und wieder tätschelte er voll unbewußtem Pathos die Wand, hinter der Ronnie eingesperrt war. »Und Ihre, Younger. Sie haben diese Rosen ausgegraben ... Das hat es wütend gemacht!«

»Was faseln Sie da?« herrschte Younger ihn an.

»Der Zusammenhang liegt doch auf der Hand – das war im Hauptraum; der Hauptraum ist jetzt kleiner und die Rosen wurden entfernt. Die Rosen sind fort! Alle! Nachdem Sie ein paar ausgegraben haben!«

»Das Terrarium hat erwartet, daß wir uns umsehen, daß wir herumwühlen«, sagte Younger. »Das liegt doch auf der Hand.«

»Ja, Eckman – was Sie da sagen, kommt mir intuitiv nicht richtig vor«, sagte Hortmann. »Und es sät Zwietracht.«

»›Intuitiv nicht richtig‹ – damit fangen Sie immer wieder an! Und es ist Mist«, erwiderte Eckman und tätschelte die Wand. Mit Tränen in den Augen.

Was hatte Eckman wirklich für Ronnie empfunden? fragte sich Younger.

»Mehr als Intuition haben wir hier nicht«, sagte Hortmann. »Das Terrarium – ist wie eine übernatürliche Macht. Aber mehr als das. Was hat Arthur Clarke einmal gesagt? Daß eine hochentwickelte Technologie primitiven Menschen immer wie Magie vorkommen wird. Dennoch ... vielleicht will es angebetet ... auf diese Weise verehrt werden.«

»Und, wollen Sie es jetzt anbeten?« schnaubte Eckman verächtlich.

»Nicht unbedingt. Aber wir können es vielleicht um Gnade bitten – und wenn wir das alle gemeinsam machen, na ja, nochmals: Was bleibt uns anderes übrig? Rufen wir es alle zusammen an, daß es Ronnie freilassen soll«, schlug Hortmann vor.

Sie versuchten es. Sie flehten die unbekannten Hüter des Terrariums an, um sie eventuell auf diese Weise umzustimmen. *»Laßt ihn raus! Wir erkennen eure Macht an! Bitte laßt ihn raus! Wir erkennen eure Macht an! Bitte laßt ihn raus. Wir erkennen …«*

Natürlich erfolgte keine Antwort, keine Veränderung.

Younger und Hortmann probierten es pflichtschuldig mit den Rasiermessern, einer Kombination von heißen Flammen und scharfen Klingen an der Wand und versuchten, so zu Ronnie durchzudringen.

Sie hinterließen nicht einmal einen Kratzer. Keine Reaktion. Keine Veränderung.

Die Stunden vergingen. Ein Tag und eine Nacht. Ronnies Schreie drangen immer schwächer durch die undurchdringliche Wand.

Vier weitere Tage vergingen ohne neuerliche Veränderung in dem Terrarium; nur mit seinen Bewohnern gingen Veränderungen vor sich.

Younger sah Eckman an der verräterischen Stelle, wo die Tür zu Ronnies Zimmer gewesen war, wo er das Ohr an die Wand drückte. Er hörte, was sie alle hörten, wenn sie an der Wand horchten: Stille, unterbrochen von Ronnies immer schwächeren Hilferufen.

Alle wurden angespannt, nervös, dachten an Ronnie in seiner engen Kammer und hatten Angst davor, in den Hauptraum zu gehen, wo die Weite und die Blumen einst Trost gespendet hatten. Im Lauf der Tage wurden aus Anspannung und Nervosität eine niedergeschlagene Feindseligkeit.

Sie mußten jetzt alle in einer Schlafkammer schlafen – nur Jane und Lu Ann schliefen eine Weile auf dem unnatürlich reinen weißen Sand des »Strandraums«. Aber in der fünften Nacht stellten sie fest, daß auch dieses Zimmer abgeschottet worden war. Widerwillig kamen sie zu der Überzeugung, daß sie alle auf engstem Raum in der Schlafkammer schlafen »sollten«.

Noch mehr Zeit verging; sie waren nicht sicher, wieviel. Wochen.

Wenn Younger mit dem Ohr an der Wand horchte, glaubte er manchmal zu hören, wie sich Ronnie auf der anderen Seite der Wand bewegte. Aber niemand antwortete auf seine Rufe.

In dieser Zeitspanne machte die gleichmäßige Temperatur Younger langsam wahnsinnig. Er sehnte sich nach Wind und Regen und direktem, zu heißem Sonnenschein.

Um seine Gier nach anderen Sinneseindrücken, nach einer anderen Atmosphäre zu befriedigen, rannte er manchmal den Flur entlang, damit er Wind im Gesicht spüren konnte – und er gewöhnte sich an, in den Springbrunnen zu stürzen, damit er den Temperaturunterschied des Wassers spüren konnte.

Und er sah mehr als einmal, wie einer der anderen mit der Faust gegen die harten Wände schlug … nur um die definierende Qual der Schmerzen, den realen Widerstand der Wand zu spüren. Der Schmerz wiederholte zuverlässig seine Botschaft: *Ja, du bist real; ja, du bist noch am Leben.*

Banqueros hatte sich angewöhnt, die Flure auf und ab zu gehen und auf Spanisch vor sich hinzumurmeln. Auf Fragen nach seinem Wohlbefinden reagierte er mit verbittertem Gelächter, verdrehten Augen und spanischen Flüchen.

Hortmann versuchte, eine rituelle Routine zu etablieren, damit sie nicht den Verstand verloren. Alle sieben Tage war »Sonntag«, und einer versuchte, etwas Aufmunterndes zu den anderen zu sagen, wenn sie sich alle in der Mensa versammelt hatten. Hortmann wollte sie sogar davon überzeugen, daß sie am Anfang ihrer Rede eine liturgische Formel benutzten: *Mein Name ist Jack Younger, ich bin hier, ich bin real, ich bin ein menschliches Wesen, mache demütig weiter, und gebe mir alle Mühe, unser aller Los zu verbessern …*

Aber nach einigen Wochen kamen die meisten gar nicht mehr zu dem Ritual.

Einmal, in der »Bibliothek«, sagte Ellen murmelnd zu Younger: »Ich dachte, Eckman wäre hämisch oder so, als er dort horchte, wo Ronnies Tür war, am Tag nach dessen Verschwinden. Aber als er sich von der Mauer abwandte, sah ich, daß seine Augen rot waren. Er weinte.«

Es dauerte überraschend lange, bis die Luft in Ronnies Kammer zur Neige ging. Vielleicht zog das Terrarium die Zeit in die Länge und ließ gelegentlich ein wenig Sauerstoff einströmen. Aber Younger war hinreichend sicher, daß Ronnie nicht durch Hunger oder Durst starb, obwohl die qualvoll für ihn gewesen sein mußten. Seine letzten Geräusche deuteten darauf hin, daß er erstickte, weil er keine Atemluft mehr hatte.

Am nächsten Tag stand die Tür des Aufwachraums offen.

»Jack?« sagte Ellen und rüttelte Younger wach. »Sehen Sie nach. Die Tür des Aufwachraums ist aufgegangen. Ich fürchte mich …«

Eckman richtete sich auf seiner Matte auf und sah sie an – dann lief er zur Tür hinaus. Die anderen folgten ihm. Sie näherten sich der Tür … und hörten ein fröhliches, hohles Lachen darin. Ronnies Stimme.

Und Ronnie war da, er lag wach auf dem Bett, sah zur Decke und lachte bei sich; schluchzte; lachte wieder.

Als Younger eintraf, setzte sich Ronnie gerade auf, schwang die Beine über die gepolsterte Bettkante und sah sie an. Mit finsteren Blicken. Sah jedem Einzelnen ins Gesicht.

»Wir haben alles versucht, Ronnie«, sagte Caris. »Wirklich.«

»Ohh ja … Vielleicht habt ihr ja alle abgestimmt, wie bei diesem verdammten *Survivor*-Ding, richtig?« Er lachte wie etwas Animatronisches. »Ihr habt abgestimmt, daß ich da rein muß …«

»Du weißt, daß wir darüber keine Kontrolle hatten, nicht? Das Terrarium hat das gemacht. Wir haben nicht darum gebeten. Herrgott, wie hatten alle einen Nervenzusammenbruch deswegen … Banqueros läuft herum wie ein Gespenst …«

»Wie fühlst du dich, Ronnie?« fragte Younger.

»Als wäre ich gewürgt und ausgehungert und erstickt worden, und jetzt lebe ich wieder, was *denken* Sie denn, wie ich mich fühle?«

»Du meinst – du hast Schmerzen, Ronnie?« fragte Eckman und berührte Ronnie am Arm.

Ronnie schlug seine Hand weg. »Nicht … nein. Aber … ich weiß nicht, wie ich es erklären soll. Es ist, als würde alles in mir nachhallen … aber es tut nicht weh … Ich bin nur ganz … Ich weiß nicht, wie ich es ausdrücken soll.« Er schüttelte den Kopf und sah zur Tür. Als wollte er hinausgehen, hätte jedoch Angst, daß er wieder nur dasselbe altbekannte Terrarium zu sehen bekommen würde. Denselben Käfig.

»Es heilt den Körper, dieses Terrarium«, sagte Hortmann, »aber es läßt den Verstand, wie er war; es läßt die Wunden des Durchgemachten fortbestehen.«

»Gott sei dank gibt es etwas, das es nicht berührt«, sagte Younger. Und Ellen nickte.

»Was, wenn …« murmelte Ronnie. »Was, wenn … ich zu dieser Tür gehe … und *sie vor meiner Nase versiegelt wird* – hier und jetzt? Während wir alle hier drinnen sind …«

»Sag das nicht!« meinte Jane und schlug die Hände vor den Mund. »Wenn es dich hören kann – wenn es …«

Sie rannte zur Tür, bevor es passieren konnte.

»Dazu wird es nicht kommen«, sagte Younger und war fast überzeugt davon. »Komm mit, Ronnie.«

Ronnie schluckte, ging aber zur Tür, zögerte nur einen Moment und lief hinaus. Zitternd ging er den Flur hinab zum Hauptraum. Die anderen folgten ihm. »Nichts hat sich verändert, Kein Weg hinaus …«

»Nichts hat sich verändert, nur – du bist gestorben und wieder auferstanden«, sagte Ellen staunend.

»Wir wissen nicht, ob der Junge gestorben ist«, sagte Hortmann. »Vielleicht denkt er, er sei gestorben, aber nicht ganz. Vielleicht lag er im Koma, und dann …«

»Ich bin gestorben«, sagte Ronnie, blieb stehen und sah ihn böse an. Seine Stimme klang brüchig, seine Augen wirkten umwölkt angesichts der Erinnerungen, als er fortfuhr. »Ich bin gestorben. Es war, als wäre ich aus meinem Körper gerissen worden, und ich konnte nichts spüren, wußte aber, *daß ich da war.* Ich schien, hm, Sachen sehen zu können ... hatte aber keine Augen. Ich sah ohne Augen. Ich ...« Seine Stimme wurde lauter, schriller, er ging im Flur auf und ab. *»Ich hatte keine Augen, verdammt. Ich hatte keine Hände. Ich hatte keine Beine oder Füße. Ich hatte kein Herz und keinen gottverdammten Pimmel. Wie würden Sie DAS verdammt noch mal nennen?«* Er erschauerte und schlang die Arme um den Oberkörper. »Ich nenne es tot sein.«

Dann zwängte er sich an ihnen vorbei und ging zu dem Marihuana. Davon gab es immer reichlich.

Die Tage wurden übergangslos zu Wochen die Wochen zu Monaten. Eine Weile kam es nicht zu Veränderungen, jedenfalls nicht im Terrarium. Aber Banqueros versteckte sich in einer Ecke der Bibliothek und kritzelte in Spanisch auf eine Papierrolle, die er aus dem Atelier geholt hatte. Er schien eine Schriftrolle daraus zu machen und schrieb Meter um Meter davon voll und wickelte sie nachts auf. Nach einer Weile baute er eine Art »Fort« aus Büchern und kam nur noch selten dahinter hervor.

Ronnie wurde nie wieder zu dem unbekümmerten Jugendlichen von früher. Er war ständig high oder betrunken; er lachte zu laut und verlor nervtötend regelmäßig die Beherrschung wegen den kleinsten Kleinigkeiten. Manchmal sah Younger ihn gelangweilt masturbieren – egal, in welchem Zimmer –, dann sah er Younger herausfordernd, manchmal sogar einladend an, bis dieser sich abwandte.

Lu Ann und Jane und Caris bemalten jeden freien Zentimeter der Wände mit improvisierten Gemälden; anfangs malten sie Blumen, Strichmuster, mythologische Gestalten. »Wie etwas, das Picasso malen würde«, sagte Caris. »Ich wollte schon immer Künstlerin sein. Ich hab sogar Unterricht genommen.« Die Mauern nahmen die Farbe bereitwillig an.

Dann übermalte Ronnie ihre Bilder kichernd mit eigenen – Pferde wurden zu zweiköpfigen Zentauren, Blumen zu gefährlichen Oktopussen, die Linienmuster zu tropfenden, verseuchten Würmern; dann wurden die Würmer zu kriechenden Penissen und die Oktopusse zu Vaginas … mit Zähnen.

Bald schon waren die Böden mit Farbflecken bedeckt, die sie mit den Füßen verteilten. Ronnie bemalte seinen eigenen Körper, dann den von Caris … sie ermutigte ihn, bunte Spiralen auf ihre Brüste und helle Ringe auf ihre Schenkel zu malen; Sonnenstrahlen rings um ihre Vagina herum.

Hortmann ließ sich einen Bart wachsen – und dann mußten die anderen Männer ihre Bärte auch eine Zeitlang wachsen lassen, weil er die Rasiermesser versteckte.

»Versteckt – oder hortet?« murmelte Eckman.

Aber Younger fand die Rasiermesser in einer ausgehöhlten Familienbibel in der Bibliothek. Er brachte sie in den Duschraum zurück – bis auf eines, das er zusammengeklappt in der Tasche seines Pyjamas behielt.

Caris und Ronnie, und manchmal auch Jane und Hortmann, tanzten stundenlang langsam, ausgiebig, aber fast roboterhaft zu den monotonen New-Age-Rhythmen im Musikzimmer.

Aber alle mieden den Raum, den Caris das »sinnliche Zimmer« nannte – jedenfalls soweit Younger wußte. Er vermutete, daß Caris manchmal mit Hortmann oder Ronnie dorthin ging.

Eines nachts lag Caris auf dem Rücken in ihrem Bett in der Mitte des Schlafraums und sah zur Decke hinauf. »Wir sollen ficken«, sagte sie. Sie sagte es tonlos. Dann fügte sie hinzu: »Ich meine, wir alle. Das Terrarium will es so.«

Das Bett, auf dem sie lag, sah wie eine Art von langem, schmalem Opferaltar aus, dachte Younger, der sie ansah.

Hortmann war in dem Moment nicht da; Banqueros auch nicht, und Ronnie nicht. Nur die Frauen und Eckman und Younger. Sie schliefen abwechselnd in dem Bett. Einige hatten sich zum Schlafen Nester aus zerrissenem Papier des Ateliers gebastelt. »Die wollen das«, sagte Caris wieder. »Die pferchen uns nicht umsonst so eng zusammen.«

Eckman fing an zu lachen und verließ den Raum. »Na das ist ja schmeichelhaft«, sagte Caris.

»Wir müssen ihnen gehorchen«, sagte Banqueros. Er stand an der Tür – er war draußen gewesen, auf dem Flur, und hatte mitgehört. »Wenn wir ihnen gehorchen, lassen sie uns vielleicht gehen«, fügte er fast flüsternd hinzu, während er auf das Bett kletterte und Caris bestieg. Sie legte seine Hände auf ihre nackten Brüste.

»O nein«, sagte Jane. »Caris, bitte …«

»Wir sollten in das sinnliche Zimmer gehen«, sagte Caris.

Aber Banqueros liebkoste sie bereits und spreizte ihre Schamlippen; es dauerte keine Minute, da drang er in sie ein …

»Moment mal«, sagte sie. Sie zog seinen Penis heraus und verrieb eine Handvoll ihrer eigenen Spucke als Gleitmittel darauf.

Sie war nicht erregt, sie wollte nur das Terrarium zufriedenstellen. Also, dachte er, ist es nicht nur eine Ausrede für eine hedonistische Frau, ihrem sexuellen Dilemma zu entkommen. Sie glaubte, daß sie demjenigen gehorchte, der sie hergebracht hatte.

Wenn wir ihnen gehorchen, lassen sie uns vielleicht gehen …

Als Younger sah, wie sich Banqueros stöhnend auf Caris aufbäumte, drehte sich Younger der Magen um, obwohl sein Schwanz steif wurde, und er verließ fluchtartig den Raum.

Er schlenderte durch das trübe Dämmerlicht den Flur hinauf. Und stand vor der Tür des sinnlichen Zimmers, gegenüber vom Musikzimmer. Der Boden des sinnlichen Zimmers war weich, gepolstert wie der Boden einer »Gummizelle«; zwei der Wände bestanden aus Metallspiegeln, die gerade ins Unendliche widerspiegelten, wie Hortmann auf Ronnie lag, so wie Banqueros auf Caris, und ihn so gleichmäßig wie ein Motorkolben in den Arsch fickte.

»Ja, besorg es mir, du Nazischwanz«, keuchte Ronnie.

Hortmann gab eine Art von grunzendem Gelächter von sich und stieß weiter rhythmisch in Ronnie.

Eckman saß zusammengesunken in einer Ecke, sah zu, weinte unverhohlen und spielte dabei an sich herum.

Während Younger gleichermaßen abgestoßen wie fasziniert zusah, schien Eckman eine Entscheidung zu treffen; er kroch auf

Händen und Knien zu Ronnie und streichelte dessen Gesicht … und Ronnie schlug ihm die Hand weg.

Eckman verkroch sich weinend.

»Ich steh nicht auf Dreier, und mit Ihnen schon gar nicht, Eckman«, sagte Ronnie, von Stöhnen unterbrochen.

Younger wandte sich ab; er war den Tränen nahe und nicht sicher, warum. Er ging in die Mensa, wo Ellen saß und Wein trank.

Er setzte sich nahe zu ihr, aber nicht zu nahe.

»Glauben Sie das? Was Caris gesagt hat?« fragte sie und sah in ihr Plastikweinglas.

»Vielleicht will das Terrarium das, vielleicht auch nicht. Aber wenn es so ist – *scheiß drauf, was das Terrarium will.* Wir machen so etwas, wenn uns wirklich danach ist, und nicht, weil das Terrarium es so wünscht …«

»Ich glaube, Caris will es. Sie ist ein geiles Stück. Ich habe gesehen, wie sie mit Hortmann gefickt hat.« Sie dachte einen Moment darüber nach. Trank Wein. »Aber … wissen Sie was? Sie haben recht. Scheiß drauf, was dieses Ding will. Es kann mich auch hinter einer Mauer einsperren, wenn es mag.«

Sie setzte sich noch gerader hin und sah zur Decke. »Hörst du zu?« rief sie hoch, dann: »Du kannst mich hinter einer verfluchten *Wand* einsperren, wenn du willst!«

Beide warteten und rechneten halb damit, daß es auf ihre trotzige Herausforderung reagieren würde. Um sie zu bestrafen.

Sie knirschte mit den Zähnen und sah zur Decke; er konnte sehen, wie sich ihre Kiefermuskeln bewegten. Er fürchtete, sie würde das Terrarium wieder herausfordern.

Führe die Götter nicht in Versuchung, dachte er. Er wechselte das Thema.

»Caris hat es mit Hortmann getrieben? Wissen Sie, was gerade vor sich geht im …«

»Ja … ich weiß – er und Ronnie … He, viele Europäer sind bi. Aber ich wette, er bevorzugt Jungs.«

Dann ertönte ein blubbernder Aufschrei aus dem sinnlichen Zimmer, gefolgt von heiserem Brüllen.

Younger und Ellen wechselten einen Blick und liefen den Flur hinab ... und fanden Hortmann mit blutendem, aufgeschlitztem Gesicht, der nach Eckman trat, um ihn von sich fernzuhalten.

Ronnie lag zappelnd und voller Blut zwischen ihnen, seine Kehle bis zur Wirbelsäule aufgeschlitzt. Man konnte die Wirbelsäule blauweiß aufblitzen sehen, als die tiefe Wunde – gleich dem Maul eines bellenden Hundes – durch das Zucken immer weiter und blutroter aufklaffte.

»Großer Gott, Ronnie!« sagte Ellen. Sie kniete neben ihm hin und hielt die Hände über ihn, während sie überlegte, was sie tun sollte. Aber das Blut spritzte und bildete eine Lache, und es war viel zu spät. Younger schüttelte nur den Kopf.

Eckman und Hortmann entfernten sich und tänzelten umeinander herum; Eckman schlug wieder mit dem Rasiermesser, mit dem er Ronnie aufgeschlitzt hatte, nach Hortmann – dann sah er mit wildem Blick zu Ellen und Younger und jetzt noch Lu Ann, die sich um den sterbenden Ronnie drängten.

»Jetzt erfahren wir es«, sagte Eckman. »Bald wissen wir ganz sicher, ob es die Toten zurückbringen kann. Denn er stirbt, genau hier. Jetzt. Und wir erfahren, ob wir töten sollen ... oder ... oder opfern. Vielleicht ... sie opfern ... den Göttern des Terrariums.«

Er sah zur Decke und schrie: »Ich opfere euch diesen Jungen! Und jetzt laßt uns raus! Bitte laßt uns raus! Ich opfere ihn euch!«

Younger sah Ronnie an ... der im Boden versank, bis sich der Boden wie zähflüssiger Schlamm über ihm schloß.

Younger streckte die Hand aus, um die scheinbar geschmolzene Masse des Bodens zu berühren – aber Ellen hielt ihn am Handgelenk fest und zog die Hand zurück. »Nicht – es könnte Sie auch holen.«

Und dann war Ronnie verschwunden. Einfach so.

Hortmann brüllte etwas auf Schweizerisch und stürzte sich auf Eckman, achtete nicht auf die zuckende Klinge und stieß ihn um, so daß er mit dem Rücken auf dem Boden lag; Hortmann war größer und kräftiger als Eckman.

Younger versuchte, Hortmann von ihm wegzuziehen, aber es war zu spät, Hortmann hatte Eckman mit den Daumen die Augen aus den Höhlen gedrückt und bohrte sich tiefer in den Schädel hinein, während Eckmans Schreie die Luft zerrissen … und als es Younger endlich mit Ellens Hilfe gelang, Hortmann wegzuziehen, versank Eckman bereits im Boden.

Sie waren beide am nächsten Tag zur selben Zeit wieder da.

Ronnie und Eckman. Lebendig.

Younger und Ellen und Lu Ann und Jane und Hortmann rannten in den Raum, kaum hatte Lu Ann vermeldet, daß die Tür aufgegangen war. Jetzt standen sie da und sahen mit hohlen Augen hinein. Nicht sicher, welche Empfindung vorherrschte: Erleichterung oder Entsetzen.

Jetzt standen zwei Tische nebeneinander darin, und die beiden Männer saßen darauf … Ronnie grinste schief und stolperte davon.

Eckman brach in Tränen aus.

»Oh, Scheiße«, sagte er. »Es gibt wirklich keinen Ausweg.«

Der Tod brachte wenigstens Abwechslung.

Es funktionierte jedesmal. Ganz gleich, wie man starb, am nächsten Tag kehrte man zurück. Younger wurde von Lu Ann ermordet, die, wie sich herausstellte, schrecklich in ihn verknallt war.

Lu Ann ermordete Younger in der Nacht, als sie gesehen hatte, wie er Ellen in der Dusche küßte, während das Wasser über ihre nackten Körper lief …

Younger wachte in der Nacht auf und verspürte Hitze und einen stechenden Schmerz im Hals; er sah Lu Ann mit einem heimlichen Lächeln im Gesicht und einem Rasiermesser in der Hand über sich stehen.

Younger lebte noch lange genug, daß er sehen konnte, wie sie ihn betrachtete. »Ich habe Ihnen die Kehle durchgeschnitten«, hörte er sie sagen. »Ich habe es wirklich getan: Ich habe Ihnen die Kehle durchgeschnitten. Ich habe Ihnen die verdammte Kehle durchgeschnitten. Wer ist jetzt unsichtbar?«

Und dann ging es für Younger nur noch darum, zu würgen, nach Atem zu ringen, während eine profunde Schwäche wie eine anschwellende Leere sich in ihm ausbreitete; er hörte sein eigenes Herz wie ein Becken in den eigenen Ohren schlagen – hörte es unregelmäßiger schlagen und zuletzt stehenbleiben.

Als er in die Leere stürzte, die sein aussetzender Herzschlag aufgetan hatte, schien ihm, als würde er in der Mitte entzweigerissen werden, in zwei Hälften zerrissen und am Ende von seinem Körper fortgezogen.

Dann folgte eine rasende Fahrt durch unendliche Nacht, das Gefühl, ein lebendiger Wind zu sein ... ein atemloser Atem ... Das unfaßbare Gefühl einer Wahrheit, die zu enorm schien, als daß man sie gedanklich erfassen konnte, und wie ein Wal über ihm schwebte – und er war ein Körnchen Plankton. Er mußte sich von dieser Wahrheit verschlingen lassen, und dann würde er eins mit ihr werden, er würde diese Wahrheit verstehen und begreifen, wie alles gleichzeitig sein und nicht sein konnte; wie alles möglich und doch alles unausweichlich war; wie alles unausweichlich war und freie Entscheidung dennoch den Eckpfeiler des Daseins bildete; wie das Formlose ganz Form und die Form ganz Formlosigkeit war. Sein – oder Nichtsein? Die Frage selbst schuf Sein aus dem Nichtsein; das Sein sah das Nichts und stellte die Frage, die wiederum *Sein* aus *Nichtsein* schuf, das seinerseits wiederum das Nichts sah und die Frage stellte, und die schuf ...

Aber das war es auch nicht. Man konnte es nicht ausdrücken; wenn man es ausdrückte, wurde es automatisch unwahr.

Ein lebendiger Wind durch unendliche Nacht – der einem Licht entgegenströmte. Aber dann – zog ihn etwas von überall nach irgendwo abwärts ...

Und er schlug die Augen auf – und lag auf dem Tisch im Aufwachraum. Wiederhergestellt, wiedergeboren, erneuert – jedenfalls körperlich.

Er hatte dieselbe Narbe am Unterarm, wo er sich als Kind verletzt hatte, als er über den Stacheldrahtzaun um ein Weizenfeld herum kletterte; dieselben Spuren des Alters wie bei seinem Tod. Aber er war unversehrt.

Und da war Lu Ann. Und wartete.

»Ich habe vor der Stelle gewartet, wo die Tür erscheint«, sagte sie, beugte sich über ihm und stützte sich mit einer flachen Hand auf seine Brust. »Ich saß mit dem Rücken zur Wand auf dem Boden. Als die Tür erschien – fiel ich einfach hinein, peng, und schlug mir den Kopf auf dem Boden an. Gerade vor einer Minute.«

Mehr sagte sie nicht. Sie entschuldigte sich nicht dafür, daß sie ihn getötet hatte.

Younger richtete sich fast gelähmt vor Wut auf.

»Sie haben mir die Kehle durchgeschnitten … im Schlaf … Wissen Sie, was das bedeutet? Es bedeutet – daß Sie die ganze Zeit ein krankes Mädchen gewesen sind. Ein sehr krankes Mädchen.«

»Wirklich?«

»Wissen Sie, was ich *empfunden* habe? Die Auferstehung kann das nicht wiedergutmachen.«

»Vielleicht macht es das wieder gut.«

Dann stieß sie ihn mit der Hand auf seiner Brust wieder auf das gepolsterte Podest hinab, hob mit der anderen Hand das Rasiermesser – er schrie – sie schlug zu –

Und alles wiederholte sich. Die rasende Dunkelheit; die unaussprechliche Wahrheit, die durch seinen Geist toste. Der Sog von überall nach irgendwo …

Hinab. Hinaus. Der Tisch.

Er schlug die Augen auf.

Und da stand Lu Ann – Sie kicherte –

»Hi, Baby!« gurrte sie.

Und schnitt ihm die Kehle durch. Er zappelte – und floß mit

seinem eigenen Blut davon. Der Tisch schloß sich über ihm. Rauschende Dunkelheit. Er wünschte sich, er hätte Augen gehabt, die er vor dem undenkbaren, unaussprechlichen, unergründlichen Wissen verschließen konnte …

Dann hatte er wieder Augen – als er von überall nach irgendwo gezogen wurde und die Augen aufschlug und –

Da stand Lu Ann und hob das Rasiermesser –

Younger schrie verzweifelt auf –

Ellen kam in den Raum gestürmt, während Lu Ann noch mit der Klinge zuschlug – und Ellen packte Lu Anns Arm und hielt die Klinge auf, als sie gerade Youngers Adamsapfel streifte. »Dachte ich mir, daß du das machst, du kleines Aas!« Sie drehte Lu Ann den Arm herum, so daß diese das Rasiermesser fallenlassen mußte, und kickte es weg.

Lu Ann verzog das Gesicht, als würde sie gleich in Tränen ausbrechen – aber aus den Tränen wurde Gelächter. Sie stieß Ellen weg und wandte sich an Younger.

»Erwischt! Viermal erwischt! Gib mir einen Kuß, mein süßer Schatz!« Sie bückte sich, als wollte sie ihn umarmen.

»Laß mich bloß in Ruhe, du elende kranke *Fotze!*«

»Wenn du deswegen wütend bist – dann töte mich!« sagte Lu Ann heiser, mit glänzenden Augen. »Bitte! Ich will es!« Sie rang die Hände und kaute vor Anspannung auf den Lippen. Würde er ihr geben, was sie wollte? »Mir ist gleich, wie schrecklich man sich dabei fühlt! Es wäre … es wäre eine *Art* von Freiheit, und es wäre … das größte gottverdammte Abenteuer, von dort zurückzukehren … Bitte?«

Er wollte sich so gern an ihr rächen, weil sie ihm im Schlaf die Kehle durchgeschnitten hatte – aber er weigerte sich. Er hatte geschworen, daß er nie wieder jemanden töten würde. »Du weißt nicht, wie das ist …«

»Wie ist es denn? Ich meine … wirklich?«

Er stand auf und ging zur Tür. Nur um von diesem Opferaltar wegzukommen, dem Messer, dem Raum …

»Warte! Bitte – sag es mir! Wie ist es?«

»Das wüßte ich auch gern …« murmelte Ellen. »Wenn du dich dazu imstande fühlst.«

»Dann komm mit zum Springbrunnen …«

Er ging voran. Ab und zu sah er sich um, ob Lu Ann ihn von hinten erstechen würde. Sie folgte eingeschüchtert, aber begierig, mit leicht offenem Mund. Ellen holte auf und ging an seiner Seite.

»Danke, daß du diesen Wahnsinn beendet hast«, sagte er.

Irgendwie fühlte er sich realer als vorher. Durch den Tod – mehrere Tode – fühlte er sich mehr in seinem Körper verankert, nicht ätherischer – er fühlte sich erstaunlich gut nach allem, was er durchgemacht hatte …

Beim Brunnen stand eine Flasche Wein auf dem Rand. Er trank aus der Flasche, stand mit den Füßen im blubbernden Wasser und dachte nach. Sah zum diffusen Licht der Decke hinauf.

Verdammt, aber es tat gut, wenigstens eine Lichtquelle zu sehen …

Er spürte, wie Lu Ann und Ellen ihn beobachteten; warteten.

Wenn er Lu Ann vielleicht begreiflich machen konnte, wie ernst es war, wie tief der Tod durch einen hallte … Vielleicht würde sie dann aus ihrem kranken Zustand erwachen. Vielleicht würde sie den Tod *respektieren.* Er machte den Mund auf, und wollte versuchen, es ihr zu erklären …

Und klappte den Mund wieder zu und schüttelte den Kopf. »Was ich auch sagen könnte – es wäre falsch. Ich muß an diesen Ausdruck denken, *vom Leeren in die Leere ausgeschüttet.* Daran muß ich denken – aber das trifft es auch nicht.«

Sie schmollte. »Also ist es nur das – Leere und Nichts?«

»Nein – es muß etwas geben, das *ausgegossen werden kann* … Scheiße – warum rede ich mit dir darüber. Ich bin dir ganz sicher nichts schuldig. Der Tod ist unbeschreiblich – und er tut nicht weh. Aber … Ronnie hat recht: *Sterben* tut weh, Lu Ann! Du hast mich vier gottverdammte Male sterben lassen!«

»Dann räch dich doch an mir! Ich wäre dir wirklich dankbar, ich schwöre es … Oh, bitte, Jack – töte mich.«

»Nein!«

»Töte mich – bitte? Nur dieses eine Mal. Ich werde dich nicht noch einmal darum bitten.«

»Vergiß es! Töte dich selbst!«

»Kann ich nicht. Das bringe ich nicht fertig. Bitte? Ich werde deine Sexsklavin sein oder was immer du willst, wenn du mich nur tötest.«

»Nein!«

Also überredete Lu Ann Caris, es zu tun.

»Oh, okay, Mädchen«, sagte die zu Lu Ann. »Manchmal ist es viel Arbeit, jemanden zu töten, Lu Ann. Überraschend viel Arbeit, wenn man es richtig machen will. Aber ich töte dich, wenn du willst. Dann schuldest du *mir* einen. Ich will erwürgt werden, wenn ich an der Reihe bin. Das ist angeblich erotisch. Glaubst du, du könntest das machen?«

»Ich liebe dieses Gefühl, wenn ich gestorben bin, aber bevor ich wieder hergestellt werde«, sagte Jane eines Morgens zu Younger, während sie in der Mensa einen Joint rauchte. Er saß ihr gegenüber und trank lustlos Wein. »Weißt du – dieses Gefühl von ... bevor ich in meinem neuen Körper erwache ... Wenn man durch diese Dunkelheit fliegt ... zu dem Licht, das man nie ganz erreicht ...« Jane brachte sich so gut wie jeden Tag um. »Weil man dann eine Weile frei ist – man ist *draußen.* Raus aus diesem Ort und ... einfach endlos ... draußen.«

Einige schlossen wechselseitige Mordpakte; manche zogen es vor, sich selbst zu ertränken. Die meisten wurden süchtig nach der Todesfahrt.

Hortmann widerstand anfangs, aber dann machte er auch mit, rauchte den ganzen Tag Gras und machte sich Gedanken darüber, wie er als nächstes sterben würde. Er war der erste, der sich selbst mit diesem Stab aufspießte, der aus der Wand ragte. Er brauchte Hilfe, um es zu Ende zu bringen – er blieb stecken, als der Stab sich nur halb in seine Brust gebohrt hatte. Eckman rammte ihn vergnügt von hinten mit dem ganzen Körper, um die Pfählung zu vollenden.

Hortmann wurde in die Wand gesogen, an der er hing, so wie er vorher in den Boden gesogen worden war. Am nächsten Morgen war er wieder da und sagte, diese Stab hätte »etwas sehr Befriedigendes.«

Eine Zeitlang waren die Seile in der Turnhalle der letzte Schrei. Sie eigneten sich bestens zum autoerotischen Ersticken: Tod mit einem Sahnehäubchen darauf.

Banqueros hing sich gern an einem hohen, schmalen Regal in der Bibliothek auf, für gewöhnlich einmal am Tag, nachdem er an seiner Schriftrolle gearbeitet hatte.

Hortmann gefiel das Ertrinken letztlich am besten. Er fand, daß es etwas so Poetisches hatte. Es gab so viele alte Gemälde und Gedichte über das Ertrinken.

Er bat Ronnie und Jane, sich auf ihn zu setzen, ihn mit dem Gesicht nach unten im Brunnen runterzudrücken. »Meine Instinkte wehren sich im letzten Moment dagegen«, erklärte er leutselig. »Ich brauche Hilfe, um es zu Ende zu bringen.«

Bald machten alle nichts anderes mehr – alle, außer Ellen und Younger. Die anderen begingen den ganzen lieben langen Tag über Selbstmord oder brachten einander um, Tag für Tag, und lachten hysterisch dabei … Das Blut schien in den Wänden zu verschwinden, es blieb nie auch nur ein Fleck zurück … Die Schmerzen des Tötens selbst wurden vorab mit Wein oder Dope betäubt …

Jane wollte so oft wie möglich tot sein und traf daher Vereinbarungen mit den anderen, daß diese sie im Schichtdienst töteten, wenn sie im Bett des Aufwachraums erschien, vorzugsweise bevor sie aufwachte, damit sie gleich wieder in dem Bett einsank und verschwand, auf diese Weise wäre sie fast ununterbrochen tot – würde fast immer durch die unendliche Dunkelheit fliegen.

Dann bat Hortmann die anderen, ihn im sinnlichen Zimmer langsam zu Tode zu foltern, wo er es in den Spiegeln beobachten konnte …

Eckman meldete sich freiwillig dafür, aber Hortmann bestand darauf, daß es Ronnie machen müßte.

Ronnie war gerührt, als er das hörte. Er fand Hortmann im sinnlichen Zimmer, wo er in der Mitte auf dem Boden lag und zur Decke blickte.

Er kam mit einem Stück Seil herein und schlug sich mit dem Ende behutsam auf den Oberschenkel. »Ich wollte nur sagen, Mann – daß ich ganz, du weißt schon, gerührt war, als ich erfuhr, daß ich es tun soll … ich meine, wenn es stimmt, daß du das gesagt hast …«

Hortmann richtete sich auf. Er sah Ronnie einen langen, innigen Moment an und nickte. »Ich sagte nur du, Ronnie. Ja.«

Ronnie setzte sich neben Hortmann; sie nahmen einander in die Arme und küßten sich, ein langer, lustvoller Zungenkuß.

In dem Moment befand sich Eckman im Musikzimmer, saß auf dem Boden, trank und murmelte vor sich hin. »Bumm, bumm, bap-bap-bao, la-la-la-la, *Scheiße.* Warum spielen die nicht mal was *anderes?*«

Dann kam Caris grinsend herein. »Du solltest sehen, wie Hortmann und Ronnie es im sinnlichen Zimmer treiben. Es ist so *romantisch.* Und irgendwie niedlich. Möchtest du mal ziehen?«

Aber statt dessen rannte Eckman unsicher hinaus. Er ging in den Duschraum, fand ein Rasiermesser und lief damit den Flur entlang zum sinnlichen Raum. Vor der Tür blieb er stehen und sah einen Moment zu; er trank aus der Flasche und hielt den Kopf dabei so, daß er trinken und ihre noch fiebrigeren Liebkosungen sehen konnte …

Erst als Ronnie Hortmann für die Liebesqual und die Todesfahrt fesselte, stolperte Eckman hinein und schrie Hortmann und Ronnie an: »Wenn ihr sterben wollt, sterbt gemeinsam!«

Er warf die Flasche, die Ronnie seitlich am Kopf traf; der Junge sank benommen auf die Knie. Eckman nahm das Rasiermesser und tötete sie beide weinend mit geübten Bewegungen der Klinge.

Er tötete sie gemeinsam, aber sie waren nicht gemeinsam in der rasenden unendlichen Nacht, und als sie zurückkamen, brachen sie ihm mehrere Knochen, ließen ihn jedoch am Leben, um ihr Mißfallen auszudrücken, weil er ihre Zweisamkeit gestört hatte … und dann ging Ronnie mit Hortmann weg und folterte ihn mit den Feuerzeugen zu Tode, während Jane masturbierend zusah, und Lu Ann flehte Banqueros an, er möge sie töten, doch der sagte, er wäre beschäftigt, und als er zum Pinkeln in eine Ecke ging, zündete sie seine Schriftrolle an und floh damit vor Banqueros, und die Rolle wehte wie ein Flammenbanner hinter ihr her, bis sie vollkommen verbrannt war. In seiner Wut tat Banqueros ihr den Gefallen, wie sie es nicht anders erwartet hatte, indem er sie in den Raum mit dem Springbrunnen verfolgte, wo Caris, die einen Joint rauchte, ihm verträumt dabei zusah, wie er Lu Ann an der Kante des Springbrunnens den Schädel einschlug, bis ihr Gehirn aus den Rissen in der Schädeldecke quoll, auf Spanisch herumbrüllte und den Schädel noch auf die Mauer hämmerte, als sie schon längst tot war –

Und als Boden und Springbrunnen ihre sterblichen Überreste fortsogen, zog er daran und versuchte, den reglosen Körper festzuhalten, damit er sich auch noch sexuell daran vergehen konnte, aber der Boden saugte fester, und sie verschwand, bis auf den Fuß, an dem er immerfort zerrte, bis auch dieser im Fußboden versank. Er ließ sich keuchend auf die Knie sinken.

»Ich dachte, der Boden würde dich vielleicht lebendig mit einsaugen, zusammen mit Lou Ann«, sagte Caris, schnippte die Kippe ins Wasser und sah sie zischeln. »Das wäre interessant gewesen. Aber – nein. Das Terrarium weiß, was es will. Wir können es nicht dazu bringen, etwas anders zu machen …«

Derweil war Eckman nur noch eine Masse gebrochener Knochen und bettelte um sein Ende; Ellen schnitt ihm die Kehle durch, nur um ihn von seinem Elend zu erlösen –

Ich ertrage das nicht mehr, sagte Z. Ich habe die Objektivität verloren. Du leitest ihre Seelen in wiederaufbereitete Körper zurück: Das ist ein [Sakrileg].

H wandte sich hämisch – insofern jemand von Hs Art hämisch sein konnte – an Z, um zu antworten, mußte jedoch feststellen, daß Z verschwunden war: er hatte sich auf die höheren Ebenen verabschiedet.

H [strahlte eine Glyphe ab, die Gleichgültigkeit ausdrückte, d. h. zuckte die Achseln] und wandte sich wieder dem Experiment zu.

Es lief wirklich ausgezeichnet. Die nächste Stufe würde bald beginnen ... bald würde H das Experiment auf viele, viele andere menschliche Subjekte ausweiten.

Vielleicht Millionen.

– und Ellen und Younger gaben sich größte Mühe, sich in einer Ecke des Badezimmers zu verbarrikadieren und weigerten sich, dort herauszukommen – und hörten, wie die anderen Ränke schmiedeten, sie zu töten, und auch wenn Younger wußte, daß er von den Toten auferstehen würde, hatte er doch eine Heidenangst davor, vor der langsamen Vorgehensweise, dem Geschmack, den sie in ihrem Wahnsinn an der Folter gefunden hatten; hatte Angst davor, wie ihre Gesichter aussehen würden, vor den gierigen Blicken in ihren Augen, wenn sie ihn und Ellen töteten – hatte Angst, er würde die Erinnerung an diese verzückten Mienen nie wieder loswerden –

Hortmann und Ronnie und Eckman und Caris stürmten ihre Zuflucht, Caris kichernd, die anderen brüllend –

In diesem Moment kam ein Besucher von den höheren Gefilden zu H ...

H [»sagte« die Berufene *Stimme des Konsenses*], wir fühlen uns unwohl angesichts deiner Arbeit hier und haben einhellig beschlossen, ihr ein Ende zu machen.

Aber, protestierte H mit [eine Glyphe der Entrüstung], ich [triumphiere]! Ich habe komplexe und künstlerisch wunderbare Wahrheiten gelernt!

Dieses Experiment ist zu Ende, H; derart umfangreiche Gruppenexperiment werden fürderhin verboten. Diesbezüglich wird man dich überwachen. Allerdings wird man dir gestatten, hier zu bleiben und mit einzelnen menschlichen Individuen zu machen, was du willst, da uns aufgrund unserer Konsensübereinkunft verboten ist, dich zu vernichten, wir dich aber nirgendwo anders hinlassen können. Du bist hier und nur hier, solange es dieses Hier gibt. Du wirst dauerhaft hierher verbannt. Du bist verurteilt, auf dieser Ebene, und nur dieser Ebene, zu verweilen; wir errichten einen Identifikationsfilter, der verhindert, daß du dich jemals entfernen kannst.

Warum verdammt ihr mich dazu, auf [der Erde] zu bleiben? Das ist eine Travestie! Z hat mir das angetan! Die [elende Petze]!

Z hat recht getan, uns darauf aufmerksam zu machen. Dein Kontakt mit diesen [menschlichen] Kreaturen hat dich hoffnungslos verdorben. Du hast einen Teil ihrer Krankheit in dich aufgenommen. Du bist gefallen. Du wirst hier bleiben und keinen Kontakt zu deinesgleichen haben. Keine Besuche unserer Art werden mehr geduldet. Natürlich gibt es andere [ätherische Wesen] anderer Art hier. In deinem Fall könnten sie jetzt von *derselben* Art sein. Wir ziehen uns jetzt zurück; du darfst das nicht.

Die Präsenz des Konsens verschwand – und H geriet sofort in Panik und versuchte, ihr zu folgen. Und wurde tatsächlich am äußeren Rand dieser Realität aufgehalten; und in die Ebene zurückgestoßen, die von den Menschen bevölkert wird. H begann [das Äquivalent von Weinen und Zähneknirschen].

Dann ertönte eine Stimme von Überall und Nirgends. Es handelte sich um die telepathische Stimme dessen, für den die Menschen viele Namen haben; in jüngster Zeit wurde er »der Gewisse« genannt. Außerdem nannte man ihn den gefallenen Engel; und Luzifer. Er hörte die »Stimme« in der Sprache übermittelter Glyphen.

Du hast Talent, sagte der Gewisse. **Du kannst für mich arbeiten. Komm. Dir stehen Veränderungen bevor. Aber ich werde dich beschäftigen. Du kannst deine Einfälle in mein eigenes ewiges Experiment einfließen lassen …**

Was empfinde ich da gerade? fragte H mit [eine Glyphe, die Angst und Grauen ausdrückt]. Ich ertrage es nicht!

Das ist natürlich Leid, das du empfindest, H! Alle leiden, die meine Diener wurden. Du kannst dieses Leid auf ein fast erträgliches Maß reduzieren, indem du die Menschen mehr leiden läßt. Das ist der einzige Trost, den wir haben. Komm jetzt, H! Beobachte! Lerne!

Und so fand H eine neue Anstellung.

Sie zerrten Ellen und Younger trotz heftiger Gegenwehr den Flur entlang; sie sprachen davon, daß sie einen großen Scheiterhaufen aus Papier aufgetürmt hatten und schilderten, wie sie Ellen und Younger ins Feuer werfen und wieder hineinstoßen würden, wenn sie zu fliehen versuchten, und dabei würden sie immerzu mehr Papier auf den Scheiterhaufen werfen.

»Es wird dir gefallen!« beharrte Caris, die Ellen den Arm auf den Rücken drehte. »Weißt du, wenn du zurückkehrst, ist alles *gut* – es ist eine lange, kathartische Achterbahnfahrt – du wirst es lieben –«

»Halt den Mund, Caris«, sagte Eckman, »du überzeugst sie vielleicht noch davon. Ich möchte aber, daß sie sich dagegen wehrt!«

Der Papierstapel war bereits aufgeschichtet, und Ronnie versetzte Younger einen heftigen Schlag, um ihn zu betäuben, damit er einen Moment Zeit hatte, um das Feuer anzuzünden. Er benutzte eines der bereitgestellten Feuerzeuge mit der langen Flammendüse, und das Papier loderte auf ...

Dann verschwanden alle Wände.

Sie befanden sich draußen, auf dem großen, sehr großen und völlig verlassenen Parkplatz eines Industriegebiets in Encino, nachts, unter den Sternen. Von dem Terrarium war nichts übriggeblieben – außer dem Feuer. Gleich einem Lagerfeuer am Strand.

Sie ließen Ellen und Younger los, die vor ihnen zurückwichen. Alle standen keuchend da und sahen einander an ... Einige waren bemalt; sie trugen Fetzen am Leib oder waren nackt.

Das Feuer prasselte und gab schwirrende Falter glühender Asche frei, Fetzen brennenden Papiers, die in die Höhe flogen und verschwanden …

Dann drehten sich Ellen und Younger um und stapften gemeinsam in die Nacht.

Danach sollten Ellen und Younger immer in der Nacht sein, aber sie sollten auch für immer zusammenbleiben.

»Ich muß etwas wissen«, sagte Eckman. Er betrachtete den Asphalt in der Nähe. Auf dem Boden lag ein Stück einer alten rostigen Rohrleitung. Er ging zu dem Rohr, hob es auf, ging zu den anderen zurück. Er schlug Ronnie das Rohr zweimal so fest er konnte auf den Schädel und tötete ihn.

Er sah hin und wartete. Lu Ann und Jane und Hortmann und Banqueros und Caris sahen ebenfalls hin und warteten.

Ronnie blieb einfach tot liegen. Er kam nicht mehr zurück.

So wenig wie Eckman, als Hortmann ihn einen Moment später im Andenken an Ronnie getötet hatte.

Die Frauen liefen barfuß und weinend weg, und Banqueros mit ihnen, während Hortmann Eckman erwürgte.

Kurze Zeit später stand Hortmann auf. Er sah einen Moment auf die beiden Toten hinab. Er kniete neben Ronnie nieder und gab dem Jungen mit den offenen Augen einen Kuß auf die Lippen.

Dann ging er davon, in die Dunkelheit, zu den fernen, rasenden Scheinwerfern auf der Autobahn.

Lucius Shepard
ENDSTATION LOUISIANA
158 Seiten, Klappenbroschur
Phantasia Horror 3006
ISBN 978-3-937897-14-1
12,90 EUR
Deutsche Erstausgabe

Viel ist nicht los in Grail, einem gottverlassenen Kaff in Lousiana: Man betrinkt und prügelt sich in der Bar Le Bon Chance oder geht essen im Moonlight Diner, das der atemberaubenden Vida Summers gehört. Für ein entlegenes Dorf geht es Grail ausgesprochen gut, doch das Glück kommt nicht von ungefähr. Vor Jahrhunderten schlossen die Stadtväter einen Pakt mit dem »Guten Grauen Mann«, der lediglich verlangte, daß die Tradition der Mittsommerkönigin gewahrt wird. Und so wählt man alle zwanzig Jahre ein zehnjähriges Mädchen zur Königin; sie zieht alles Unglück auf sich, damit die Stadt florieren kann. Vida Summers ist die amtierende Königin. Und heute, als der Musiker Jack Mustaine in dem Ort strandet, geht ihre Regentschaft zu Ende. Morgen ist Mittsommernacht, Vida muß abtreten, eine neue Königin wird gewählt … und der Gute Graue Mann stattet der Stadt erneut einen Besuch ab …

Wenn es so etwas wie »idyllischen Horror« gibt, dann ist Shepard sein oberster Priester und trägt mit seiner Predigt namens *Endstation Louisiana* indirekt all die angestaubten, blut getränkten Horror-Romane früherer Tage mit einer Mischung aus Mystery und New Wave sowie einer Prise Sex und Rock'n'Roll zu Grabe. So. Endstation, Freunde.
Christian Endres *Fantasyguide*

Peter Straub
ESSWOOD HOUSE
165 Seiten, Klappenbroschur
Phantasia Horror 3003
ISBN 978-3-937897-07-3
12,90 EUR
Erste ungekürzte
deutsche Ausgabe

Es scheint ein in Erfüllung gegangener Traum zu sein: William Standish, Professor einer amerikanischen Universität, erhält eines der begehrten Stipendien, die es ihm ermöglichen, im britischen Esswood House eine Werkausgabe der Gedichte seiner Großmutter Isobel Standish vorzubereiten. Doch Standishs Aufenthalt gerät schnell zum Alptraum, denn Esswood House ist längst nicht die erhoffte Idylle.
Mit *Esswood House* hat Peter Straub ein faszinierendes, labyrinthisches literarisches Vexierspiel geschaffen, das den Leser in einen dunklen Irrgarten lockt, aus dem es kein Entrinnen gibt.

»Wenn Peter Straub richtig Gas gibt, kann kein anderer Genre-Autor mit ihm Schritt halten.«
Stephen King

Clive Barker
CABAL
215 Seiten, Klappenbroschur
Phantasia Horror 3005
ISBN 978-3-937897-15-8
14,90 EUR
Überarbeitete Neuausgabe

Für Aaron Boone scheint sich nach einer dunklen Phase seines Lebens endlich das Licht am Ende des Tunnels abzuzeichnen. Der psychisch schwer gestörte Mann absolviert eine Therapie, die Wirkung zeigt, er ist neu verliebt in eine verständnisvolle Frau und fühlt sich endlich wieder als vollwertiges Mitglied der Gesellschaft. Um so größer ist sein Entsetzen, als ihn sein Psychiater Dr. Decker mit einer ungeheuren Eröffnung konfrontiert: Geistig umnachtet soll er als Serienmörder mehrere Opfer brutal abgeschlachtet haben. Für Boone bricht eine Welt zusammen, doch alle Zweifel kann Dr. Decker nicht ausräumen, und so macht sich Boone auf die Suche nach der Wahrheit … und nach einem geheimnisvollen Ort namens Midian, das, so die Legende, den Verfemten und Ausgestoßenen, den menschlichen wie nichtmenschlichen Ungeheuern eine Heimat bieten soll. Von der Polizei verfolgt, flieht Boone quer durch Amerika und ahnt nicht, daß die Wahrheit, die er an seinem Ziel finden wird, schockierender ist, als er sich in seinen schwärzesten Alpträumen ausmalen konnte.

Clive Barker
HELLRAISER
128 Seiten, Klappenbroschur
Phantasia Horror 3007
ISBN 978-3-937897-17-2
11,90 EUR
Erste ungekürzte
deutsche Ausgabe

Mit Hilfe eines chinesischen Zauberwürfels ruft der rastlose Abenteurer und Lebemann Frank Cotton die Zenobiten herbei, seltsame Dämonen aus einer anderen Welt, die sinnliche Lust und Freuden des Fleisches versprechen, wie sie noch kein lebender Mensch erfahren hat. Doch die Grenzen zwischen Lust und Schmerz sind fließend, wie Frank bald feststellen muß, und wer sich erst einmal in den Händen der höllischen Mächte befindet, den lassen sie so leicht nicht wieder los. Um in seine Welt zurückzukehren und seinen geschundenen Körper wieder aufzubauen, benötigt Frank die Hilfe der Frau seines Bruders, mit der er heimlich ein Verhältnis hatte … und Blut. Viel Blut.

Clive Barker schuf mit *Hellraiser* einen der Klassiker des modernen Horrors.

Dan Simmons
SONG OF KALI
252 Seiten, Klappenbroschur
Phantasia Horror 3002
ISBN 978-3-937897-01-1
15,90 EUR
Überarbeitete Neuausgabe

Es scheint, als wäre ein Literatentraum in Erfüllung gegangen, als der amerikanische Schriftsteller Robert Luczak im Auftrag einer kleinen, aber hoch angesehenen Literaturzeitschrift nach Indien fliegt, um das neue Manuskript des berühmten indischen Lyrikers M. Das in Empfang zu nehmen. Doch kurz nachdem er mit seiner indischstämmigen Frau und seiner kleinen Tochter in der Millionenstadt Kalkutta eintrifft, beginnt ein Alptraum, auf den der zivilisierte Dichter nicht vorbereitet ist: Kalkutta selbst wird zum Moloch, in dessen engen Straßen und Gassen übernatürliche Schrecken hausen, Luczak sieht sich in zunehmendem Maße von seltsamen Geheimbünden und Sekten verfolgt, und das Manuskript entpuppt sich als über fünfhundertseitige obszöne Ode, deren einziger Sinn darin zu bestehen scheint, die Göttin Kali auf die Erde zurückzuholen, damit sie erneut ihre Schreckensherrschaft beginnen kann …

Ursula K. Le Guin
DIE ENTEIGNETEN
349 Seiten, Klappenbroschur
Phantasia Science Fiction 1007
ISBN 978-3-937897-20-2
19,90 EUR
Erste ungekürzte
deutsche Ausgabe

Als auf dem Planeten Urras eine von der Anarchistin Odo angeführte Revolte ausbricht, läßt der siegreiche Staat die Anarchisten zum Schwesterplaneten Anarres auswandern, die in ihrer neuen Heimat das Ideal der herrschaftsfreien Gesellschaft errichten. Hundertsiebzig Jahre später entwickelt der geniale Physiker Shevek dort eine Theorie, mit der die interstellare Kommunikation und Raumfahrt revolutioniert werden kann. Um sie zu vermarkten, muß er seine anarchistische Heimat verlassen und zum kapitalistischen Urras reisen. Die kapitalistischen Verhältnisse bestürzen den geschworenen Anarchisten, doch er muß erkennen, daß auch seine eigene Gesellschaft nicht ganz dem selbstgesetzten Idealbild entspricht.

Die Enteigneten, das im Stil der wichtigsten Sozialutopien zwei unterschiedliche Gesellschaftssysteme vergleicht, zählt als philosophischer Klassiker zu den bedeutendsten Science-Fiction-Romanen des zwanzigsten Jahrhunderts.

K. W. Jeter
DR. ADDER
254 Seiten, Klappenbroschur
Phantasia Science Fiction 1004
ISBN 978-3-937897-13-4
15,90 EUR
Deutsche Erstausgabe

Los Angeles in naher Zukunft, ein Los Angeles, wie man es seit *Blade Runner* nicht mehr gesehen hat, eine verwahrloste, verfallene Metropole der Freaks und Ganoven und gescheiterten Existenzen. Als Anführer der Moralpolizei lullt der reaktionäre Evangelist John Mox die Massen mit seinen Predigten ein, doch der wahre Herr der Stadt ist der charismatische Dr. Adder, der Held der Unterwelt, der jeden Wunsch erfüllt, sei es ein neuer Körper, seien es durch plastische Chirurgie modifizierte Geschlechtsorgane, seien es halluzinogene, bewußtseinsverändernde Drogen … welche Sucht auch immer, Sex, Geld, Drogen oder Macht, Dr. Adder befriedigt sie alle – und das macht ihn zum Todfeind von Mox, der ihn um jeden Preis ausschalten will und einen gnadenlosen Feldzug beginnt. Die titanische Auseinandersetzung zwischen den beiden Männern wird nicht nur ihr persönliches Schicksal bestimmen, sondern das Tausender.

Der Klassiker der Fantasy,
endlich in ungekürzter Neuübersetzung!

Die Abenteuer von Fafhrd und dem Grauen Mausling
»Durch Abgründe der Zeit und fremdere Dimensionen von uns getrennt, träumt die alte Welt Nehwon mit ihren Türmen und Schädeln und Edelsteinen, ihren Schwertern und ihrer Magie …« Nehwon ist die Heimat von Fafhrd und dem Grauen Mausling, den fragwürdigen Helden und »berühmtesten Schwertkämpfern dieses und jedes anderen Universums«, die durch die Welt ziehen und keiner Rauferei, keinem Kampf und keiner schönen Frau aus dem Weg gehen.

Die vier Bände beinhalten alle Abenteuer unserer Helden, in der von Fritz Leiber autorisierten Anordnung. Dieser Klassiker hat alle nachkommenden Fantasy-Autoren aufs Nachhaltigste beeinflußt.

392 Seiten, Klappenbroschur
Phantasia Fantasy 2001, Band 1
ISBN 978-3-937897-00-4
19,90 EUR

336 Seiten, Klappenbroschur
Phantasia Fantasy 2007, Band 4
ISBN 978-3-937897-21-9
19,90EURO